Juan Levy

Vier Erzählungen
1936 – 1997

Bibliografische Information der Deutschen
Nationalbibliothek:
Die Deutsche Nationalbibliothek verzeichnet diese
Publikation in der Deutschen Nationalbibliografie;
detaillierte bibliografische Daten sind im Internet über
http://dnb.dnb.de abrufbar.

Lektorat: Antje Feig
Technische Umsetzung: Isaak Thiemer

Herstellung und Verlag:
BoD – Books on Demand, Norderstedt

ISBN: 978-3-7519-7745-6

Vier Erzählungen

I

VERTREIBUNG

a) Flucht aus Deutschland
b) Die Cordillera
c) Leben in Guatemala
d) Pubertät und Adoleszenz

II

„COCTEL MEXICANO"

III

EL IMPARCIAL

IV

HERBSTSTURM

VORWORT

Ein Vorwort zu diesem Buch ist nötig, weil es wie eine Reihe von zusammengewürfelten Kapiteln anmutet. Das Produkt sieht wie eine Ansammlung unzusammenhängender Episoden aus und es entsteht die berechtigte Frage, ob die gewählte Ausdrucksform nicht einer Besseren hätte weichen können.

Die Antwort ist: Dieses mein zweites Buch war ursprünglich nicht geplant und entstand nur deshalb, weil es zu meinen ersten Äußerungen Stimmen gab, die einen Mangel an Hintergrundinformation empfanden.

Damit hatte ich nicht gerechnet, weil ich mit „Ein verschütteter Weg" hauptsächlich den Zustand eines Musikproblems und seine allmähliche Überwindung darstellen wollte.

Erst allmählich sah ich ein, dass meine Erzählungen auch Autobiographie waren und dazu Anlass gaben, etwas weiter auszuholen.

Eine vollständige Autobiographie wollte ich aber keinesfalls von mir geben. Ich musste mir doch die Frage stellen, wer sich denn, und weshalb wohl auch, soviel von mir wissen wolle… und wohl auch solle.

Außerdem: Es gibt so viel Banales, so viel Hässliches und Langweiliges! Keinesfalls sollte der Tagesabfall Ausbreitung finden. Auch nicht in meinen Erinnerungen.

Ich beschränke mich in Buch 2 also darauf, die Anfänge meiner Lebenszeit schriftlich einzufangen (so gut so etwas im Alter möglich ist), in zwei darauffolgenden Intermezzi, die dem Heiteren und auch Skurrilen etwas Raum geben, und beende meine Ausführungen mit der Erinnerung einer Lebenszeit, die so übervoll bewegender Ereignisse war, dass es unbefriedigend gewesen wäre, sie auszusparen.

So entstand also dieses, nach Sammelsurium anmutende Büchlein, mit dem, wie ich hoffe, treffenden Titel „Vier Erzählungen". Der Zusammenhang: Ein Leben!

Es hat mir Freude bereitet, es zu schreiben, aber auch Schmerz, und ich hoffe, es unterhält meine Leserinnen und Leser ein wenig.

EINS

VERTREIBUNG

A) FLUCHT AUS DEUTSCHLAND

Hinter einem breiten dunkelbraunen Holzschreibtisch sitzt Direktor Erich Levy. Er hat die Tages- und überregionalen Zeitungen überflogen und zur Seite gelegt. Jetzt will er die verbleibenden Gegebenheiten seiner Filiale eines mittelgroßen Warenhauses überprüfen: die gestrigen Verkäufe, Listen für Neuanschaffungen, Personalangelegenheiten etc.

Erich Levy ist klein. 160 cm, aber seine kurze Statur wird durch eine starke Ausstrahlung überlagert. Er hat ein feines Gesicht: schmale gerade Nase, ebenmäßige Lippen, strahlende tiefblaue Augen, schwarzes, zurückgekämmtes Haar, die Kleidung sehr korrekt und unauffällig. Er ist 36 Jahre alt.

Es klopft an der Tür. Frau Hirschmann, die Sekretärin:

„Herr Direktor, zwei Herren von der Polizei".
Zwei Männer mit Hakenkreuzabzeichen am Arm treten ins Zimmer ein:

„Wir suchen den Levy".

Antwort Erich Levy: „Das bin ich".

Polizisten: „Nein, wir suchen Gerhard[1] Levy".

Erich Levy: „Das ist der Leiter der Frauenbekleidungsabteilung".

Polizisten: „Er soll hier sein".

Erich Levy: „Hier bin ich".

Die Polizisten schauen sich misstrauisch um und gehen dann wieder hinaus.

Erich Levy nimmt seine Arbeit wieder auf.

Eine viertel Stunde später geht er zur Tür und sagt zu Frau Hirschmann:

„Sind sie weg?"

„Ja, Herr Levy".

Dann ruft er den Pförtner an.

„Herr Marx, hier Levy. Ist die Polizei aus dem Haus?"

„Ja, Herr Direktor. Vor etwa zehn Minuten. Zwei Männer."

„Danke".

Erich Levy holt einen kleinen Schlüssel aus der rechten Hosentasche und öffnet den großen Kleider-

---

1   Wirklicher Vorname unbekannt

schrank an der Wand. Gerhard Levy zwängt sich heraus.

Erich Levy: „Sie müssen fliehen. Sofort. Am besten weit, weit weg. Keine Widerrede!! Es geht um Ihr Leben."

Gerhard Levy zittert am ganzen Körper. „Ja".

Erich Levy: „Passen Sie auf beim Verlassen des Hauses. Auch auf der Straße. Alles Gute."

Gerhard Levy verlässt stolpernd den Raum.

Erich Levy sitzt wieder am Schreibtisch vor seinen Akten, aber er kann sich nicht mehr konzentrieren. Was er eben dem Arbeitskollegen riet, gilt auch für ihn selbst, für Paula und das eigene Kind. Erich hatte ja mehrere Morddrohungen per Telefon bekommen und der schon immer präsente Antisemitismus war seit der Regierungsübernahme Hitlers sehr viel offener und aggressiver geworden. Die antijüdische Stimmung in der Bevölkerung wuchs, wohl auch gespeist durch die von der Regierung gelenkte Propaganda, und fast täglich las man in Zeitungen von Vergehen an jüdischen Mitbürgern.

Schon Monate zuvor hatte Erich Levy die schmerzhafte, aber notwendige Konsequenz gezogen: Er musste seinen Traumberuf aufgeben und mit Frau und Kind das Land verlassen. Noch einmal woanders. Ganz von vorne anfangen! Das würde schwer werden, aber er fühlte sich gesundheitlich gut. Mit 36 dachte er, gelingt ein Neuanfang. Und es gab keine Option. Bleiben, hieße sich Menschen auszuliefern, die einen ablehnten. Der Ausgang einer solchen Lage konnte nicht gut werden.

Erich Levy ging zu Königs Reisebüro und erkundigte sich nach Schiffsreisen. Frankreich – Guatemala – Mexiko. Er hatte sich für diese Ziele entschieden, weil Mexiko ein Reisevisum anbot, und weil Ruth Rosenbaum – eine vertraute Cousine von Paula, seiner Frau – seit kurzem in Guatemala lebte und positiv über die Region berichtet hatte. (Guatemala grenzt an Mexiko).

Zuerst Guatemala, dann Mexiko. „Ja", sagte der Angestellte bei Königs. „Es gibt einen französischen Frachter mit acht schönen Personenkabinen, der auf Passagiere eingerichtet ist, und Guatemala und Mexiko ansteuert: ‚Die Cordillera', Abfahrt 4. März aus Le Havre, Frankreich."*

Erich Levy buchte für drei Personen, dann nahm er die Vorbereitung für die Reise in Angriff. Das gesparte Geld, plus das Geld des verkauften Besitzes (sein geliebter neuer Peugeot) wurde zusammengelegt und in Frankreich durch einen geübten Schmuggler in einer Bank deponiert (knapp 7.000 Dollar). Das war nicht sehr viel, aber es würde für den Anfang ausreichen müssen.

Für den 3. März 1936 reservierte Familie Levy drei Plätze im Zug Köln – Amsterdam, Abfahrt 11.30 Uhr, Ankunft 16.20 Uhr[2]. Es ist nicht so weit von Wuppertal nach Köln, aber der Zug fährt so entsetzlich langsam!!

---

2   Wirkliche Stadt ist unbekannt

Erich und Paula sind nervös. Das Kind Hans-Gerd ist ruhig. Hans-Gerd wird bald vier Jahre alt. Er ist ziemlich pflegeleicht, wie man so sagt.

Paula Levy ist Ende zwanzig. Eine kleine, sehr gut aussehende Frau, immer geschmackvoll angezogen. Sie hat ein hübsches Gesicht, welches von wallendem braunem Haar umrahmt wird. Dunkle, freundliche Augen, eine gerade Nase mit kleinem Hubbel, volle schöne Lippen. Sie strahlt Wärme und Herzlichkeit aus, besitzt aber auch Attribute wie Sachlichkeit, und die Fähigkeit, Wesentliches von Anderem zu trennen. Ohne viel Wissen und Kultur glänzt sie gesellschaftlich. Sie erkennt ihr Gegenüber und beherrscht die Kunst des Bezauberns.

In Köln geht Erich zur Auskunftsstelle. Der Zug nach Amsterdam fährt planmäßig um 11.30 Uhr, Gleis 6 – keine Verspätung. Familie Levy steigt in den stehenden Zug ein, das Gepäck wird ins Abteil gestellt. Hans-Gerd sitzt am Fenster, Paula neben ihm. Erich gegenüber, ein Koffer auf der Sitzbank liegend. Der andere davor, stehend. „So weit geschafft", denkt Erich. Bis zur Abfahrt sind es noch zehn Minuten. Wo bleiben Erna und Ilse? Sie sind die Einzigen, die über alle Hintergründe der Reise wissen. Erna ist Erichs Schwägerin. Der Bruder kann nicht zur Bahn kommen. Ein Lungenschuss aus dem Ersten Weltkrieg macht größere Wege unmöglich für ihn.

Ilse, ihr Kind, ist jetzt neun Jahre alt. Sie ist hübsch mit ihren großen dunklen Augen und dem langen ernsten Gesicht. „Da kommen Ilse und Tante Erna", ruft Hans-Gerd und fängt an zu winken. Erich zieht

das Fenster hinab. Paula ruft: „Hu-u, hu-u. Hier!!"
Dann stehen Erna und Ilse Levy vor dem Fenster.

„Wie geht's Euch?"

„Na ja".

„Schreibt, lasst von Euch hören".

„Natürlich – aber es wird dauern. Etwa einen Monat."

„Passt auf Euch auf."

„Grüßt meinen Bruder".

Der Zug macht einen Ruck und bewegt sich. Hans-Gerd winkt noch mal und verliert dabei seinen weißen Handschuh.

Erich denkt: „Ein guter Grund, irgendwann zurückzukommen, um ihn zu holen." (Ein kurzes Lächeln.)

Die Landschaft verändert sich. Bald keine Häuser mehr. Bäume, Wiesen, das Land ist noch grau vom Winter.

Die rote Farbe von Erich Levys Wangen weicht einer ungewohnten Bleichheit. Paula bemerkt die Veränderung.

„Fehlt Dir was?"

„Nein, die Kontrolle kommt bald."

Dann geht die Tür auf: „Die Fahrkarten und Pässe bitte".

Erich Levy holt das geordnete Kuvert aus seiner rechten inneren Jackentasche. Der Bahnbeamte ist fix, sieht die Papiere schnell durch. Dann sagt er: „Amsterdam, dann Pension Bernstein am Meer. Zurück Amsterdam Köln am 3. April".

Erich Levy: „Ja".

Der Schaffner sammelt die Ausweise und Fahrkarten ein und gibt alles samt Kuvert zurück.

Erich Levy schiebt die Dokumente in die Hülle von Königs Reisebüro und steckt das Kuvert wieder in seine innere rechte Jackentasche.

„Gute Fahrt".

Der Kontrolleur verlässt das Abteil.

Erich Levy: „Das war der erste Streich. Doch der zweite …".

Paula holt den Struwwelpeter aus ihrer großen Tasche und beginnt, Hans-Gerd vorzulesen.

Stunden vergehen. Erich Levy sieht noch blasser aus. Er weiß, die Grenzkontrolle steht bevor, und mit Pech könnte es das Ende aller Pläne sein.

Der Zug hält an. Draußen einige frisch grau gestrichene Holzbaracken – DEUTSCHE GRENZE. Zwei Beamte mit Hakenkreuzzeichen am Uniform-Ärmel betreten das Abteil.

„Papiere".

„Name?"

„Levy".

„Wohin fahren Sie?"

„Nach Holland".

„Zweck?"

„Kurzurlaub an der See."

„In dieser Kälte?"

„Arztanweisung, wegen der Meeresluft".

Der Beamte ist umständlich mit den Dokumenten. Erich Levy erlebt die Ungeschicklichkeit als endlos. Ungeordnet reicht der Uniformierte endlich alle Papiere zurück.

„Na, dann frieren Sie schön".

Der zweite Beamte: „Ja, viel Vergnügen am Meer, und gute Fahrt." (Beide grinsen beim Weitergehen.)

Erich Levy sortiert die Reisepapiere. Das Kuvert kommt wieder in die rechte Jackentasche. Dann fällt er ein wenig in seinen Sitz zurück. Der Zug fährt bereits wieder. Draußen ein großes Schild NIEDER-LANDE. Erich Levy denkt, wir könnten aufatmen, aber es klappt noch nicht so. Dem Kind wird es langweilig. Paula denkt an die Mundharmonika, die ja letzthin oft ausprobiert wurde, entscheidet sich aber fürs Vorlesen. Dabei schläft Hans-Gerd ein.

In Amsterdam ist man am Bahnhof gut organisiert. Die Gepäckträger warten schon bei der Ankunft auf Kundschaft.

„Wohin?"

„Le Havre, Frankreich".

„Ja", sagt der Mann mit der Mütze. „18.20 Uhr, Gleis 8. Kommen Sie. – Welcher Waggon?"

„Nummero 3, Abteil 7".

Der Gepäckträger räumt die zwei Koffer in das Abteil ein und nimmt sein Geld. Jetzt sitzt Familie Levy in einem holländischen Zug. AMSTERDAM – LE HAVRE – PARIS. Das Abteil ist groß und hat zwei Betten übereinander. Familie Levy fährt die Nacht durch. – Die Spannung lässt endlich nach.

Erich: „Wir könnten essen gehen".

Paula: „Ja".

Hans-Gerd freut sich. Im Speisewagen ist es schön. Saubere kleine Tische, freundliche Bedienung.

Paula isst Heringsfilets, Erich Tafelspitz mit Bratkartoffeln, Hans-Gerd Huhn mit Reis. Zum Schluss etwas Eis und zwei Kaffee. – Alle sind zufrieden.

Erich und Paula schauen sich an: „Geschafft!!"

Im Oberbett des Waggons schaut sich Erich Levy noch einmal seinen kleinen Weltatlas an.
Le Havre – der Atlantik (sehr groß)!! Weiter unten: Panama, Panama-Kanal. Dann: Pazifischer Ozean: Costa Rica – Nicaragua – El Salvador – GUATEMA-LA (Aussteigen!!) – Mexiko (später?). Eine lange Reise: drei Wochen.

Noch vor einem Jahr: Wer hätte das gedacht! Aber es musste gehandelt werden. So weit wie möglich von Hitler weg. Es dunkelte in Deutschland und es würde nicht gut gehen. Mexiko, vielleicht Guatemala – sehr weit weg! Aber die einzige vernünftige Lösung.

von links nach rechts: Erich, Paula und der Kapitän der Cordilera
vorne in der Mitte: Hans Gerd

B) DIE CORDILLERA

Es gibt Fotografien der Reise auf dem französischen Dampfer La Cordillera. Ein Foto zeigt Erich und Paula Levy mit einem größeren Herrn mittleren Alters (nach Paula: Der Kapitän). Ein zweites Bild: Hans-Gerd auf einem Dreirad (Hintergrund undeutlich). Ein drittes Bild: Hans-Gerd auf dem Dreirad … im Hintergrund ein vier- bis fünfstöckiges Gebilde (sehr hoch – sehr breit), wohl der Sitz der Schiffslenkung. Die Farbe aller sichtbaren Gegenstände ist weiß, auch der große Bau. Der Boden ist aus dunklem, glatt poliertem Holz, in sehr gutem Zustand. Also: Nicht nur ein Frachter mit acht Personenkabinen, sondern gleichzeitig ein sehr gepflegtes, sehr sauberes, fast luxuriöses Schiff.

Die Fotografie meiner Eltern zeigt meine Mutter etwas ernster als sonst, meinen Vater im weißen langärmeligen Hemd mit Pullunder, helle Hose und weiße Tennisschuhe. Der dabeistehende Herr lächelt gutmütig.

Das Ganze sieht mehr nach Urlaubsreise denn nach Flucht aus. Levys hatten es mit der Cordillera wohl sehr gut getroffen. Ich bin aber auch sicher, dass die entspannte Atmosphäre mit Erich Levys gefestigter Persönlichkeit zu erklären ist. Er genoss die unbekannte Umgebung und er wusste trotz aller Unsicherheiten, sie würden in Guatemala Ruth wiedersehen, auch sie eine starke Persönlichkeit. Und Ruth hatte ja geschrieben: „Unbedingt kommen"!

Ich gefiel mir als Eroberer meiner Umgebung und mit dem Dreirad (sicherlich Eigentum des Schiffes) radelte ich stundenlang und inspizierte die große Schiffsfläche, mit all ihren geheimnisvollen Ecken. Ich war bald eine sehr bekannte Figur auf der Cordillera und nach Erzählungen sehr beliebt bei dem Kapitän.

Ziemlich bald nach der Ankunft auf dem Schiff erlebte ich aber einen sehr großen Schrecken, der nicht nur im Augenblick seiner Entstehung die ganze Bedrohlichkeit des Lebens vermittelte, sondern vielleicht auch die übergroße Bedeutung, welche die Klangwelt in meinem zukünftigen Leben einnehmen sollte.

Ich stand in einem schönen großen Raum. Rechts von mir, rot gepolsterte Couchen und Stühle, viele kleine Tische, die mit weißen Decken, Silberbesteck und ansprechendem Geschirr aufgestellt waren. – Auf meiner linken Seite eine große Wanduhr mit langem Pendel und etwas weiter nach hinten, eine leere Fläche mit anschließender Bühne. (Vermutlich ein Ort zum Tanzen.) Das Ganze sah wirklich nicht nach Frachter aus, sondern nach Vergnügungskreuzfahrt. Ich stand dort und machte große Augen, als ein unsäglich lauter Ton alles erschütterte. Es war ein breiter, tiefer Klang, der sich unendlich lang hinzog. Es gab kein Aufatmen. Nachdem er aufgehört hatte, ging es sofort weiter, und noch einmal, und noch einmal. Ich wusste nicht, dass Schiffe sich in dieser Form kenntlich machen (vermutlich sich anderen mitteilen). Ich war zutiefst erschüttert und verängstigt. Ich stand ja auch allein in einem großen unbekannten Raum.

Wichtig an diesem Erlebnis ist mit Sicherheit, dass es den Beginn meines bewussten Lebens einfängt, denn von diesem Augenblick an beginnen meine Erinnerungen, und ganz wichtig ist wahrscheinlich auch, dass es die Klangwelt war, die mein bewusstes Lebens von Beginn an prägte. So begann mein Leben als Musiker: – Emotionale Erschütterung durch das Naturelement TON.

Wie vergingen die Tage für mich auf der Cordillera? Natürlich mit endlosen Dreirad-Exkursionen, aber auch mit Auslotung der Mundharmonika, die wir bei uns hatten und die ich schnell beherrschte. Meine Mutter las mir auch aus mitgebrachten Büchern vor. Es gab keine Langeweile.

Mein Vater lag oft in der Kabine. Meine Mutter sagte später, er sei oft seekrank gewesen. Sie selbst, knüpfte Kontakte zu anderen Passagieren, aber schien keine guten Gesprächspartner gefunden zu haben.

Mein Vater erzählte mir als Erwachsener, er hätte an Bord einen Mann kennengelernt, der ihm unbedingt dazu geraten hätte, in Guatemala ein Bordell einzurichten. Bordelle hätten in lateinamerikanischen Ländern großen Zulauf. Ein sicheres Geschäft! Meinte er. Ich kann mir vorstellen, wie mein korrekt erzogener Vater auf diesen Rat reagiert hat. Da er ja über Humor verfügte, hat ihn die Vorstellung Bordellbesitzer zu sein sicher sehr amüsiert.

Nach Überquerung des Atlantiks fuhren wir durch den Panama-Kanal und dann in pazifischen Gewässern. Vorbei an Panama, Costa Rica, Nicaragua, El Salvador, – und dann waren wir in Guatemala angekommen.

Hans Gerd auf Entdeckungstour

Wir verließen die Cordillera an einem frühen Morgen. Ich erinnere, es war noch dunkel, als wir in einem Holzboot vom Hauptschiff heruntergelassen wurden. Das Boot startete dann seinen Motor und brachte uns, nicht ohne Anstrengung, durch hohen Wellengang und entsprechender Bewegungsheftigkeit, letztlich doch sicher an ein hohes Eisengerüst, den Pier.

Es wurde eine Art Stuhl ohne Beine auf unser Boot heruntergelassen und als erste setzte man meine Mutter mit ihren großen Taschen darauf. Ich erinnere noch, wie der Stuhl heftig schaukelnd in die Höhe ging. Meine arme Mutter! Sie hat bestimmt schreckliche Ängste ausgestanden.

Dann kam der Stuhl wieder, heftig schwankend, zum Boot zurück. Man half meinem Vater in den Sitz und ich kam auf seinen Schoß. In der dicken Winterbekleidung vom europäischen Festland presste mich mein Vater mit einem Arm an sich, unter den anderen klemmte er seine braune Aktentasche und mit der einzigen freie Hand umfasste er ein dickes Hanfseil. Ich saß auf seinem Schoß mit meinem Rücken an seiner Brust. Nach vorne hätte man besser nicht schauen sollen. Unten sah man das schwer schaukelnde Boot, das unruhige Meer, und das Schlimmste war: Der Stuhl war vorne offen – es gab keine Absicherung!! Die Angst im schwebenden Stuhl werde ich nie vergessen.

Aber wir kamen oben an. Und uns empfing eine andere, eine neue Welt. Es war inzwischen hell geworden und wir bemerkten, dass die Menschen hier ungewöhnlich aussahen. Alle hatten eine dunkelbraune Haut. Junge und ältere Frauen trugen bunte

Blusen und lange, bis zum Boden reichende, blaue Röcke. Viele hatten Körbe aller Größen auf dem Kopf, die nur abgesetzt wurden, wenn sie sich niederließen. Sie trugen keine Schuhe, liefen unbeschwert barfuß herum.

Die Kleidung der Männer war einfacher: einfarbiges Hemd, einfache Leinenhosen, darüber eine Art Schürze, die bis zur Kniehöhe reichte. Auch die Männer trugen meistens keine Schuhe – einige aber Sandalen. Hier und da sah man auch europäisch gekleidete Männer und diese begutachteten unsere Reisepapiere. Nach Beendigung der Formalitäten, die von kurzer Dauer waren, liefen wir zur nahestehenden Eisenbahn, die aus Lokomotive und drei Waggons bestand.

Wir saßen auf einfachen Holzbänken und die Menschen um uns herum sahen so aus, wie jene, die wir schon vorher gesehen hatten. Die Bevölkerung Guatemalas war eben mehrheitlich indianisch.

Die Zugfahrt dauerte etwa vier Stunden. Am Anfang der Fahrt war draußen alles sehr flach. Weite grüne Rasenflächen mit spärlichen Bäumen und Sträuchern. Gelegentlich einfache kleine unbemalte Holzhäuser. Später begann eine ständige Steigung. Der Zug fuhr jetzt sehr langsam und durch die Fenster sah man immer größer werdende Erderhebungen. Letztlich fuhren wir an riesigen Bergen und Vulkanen vorbei. Nach der stundenlangen Steigung kamen wir auf eine ebene Strecke, an dessen Ende der Bahnhof der Stadt Guatemala auftauchte.

„Hu-u, hu-u, Ruth, Ruth. Hier sind wir", rief meine Mutter aus dem Fenster. Ruth Rosenbaum war ja die Cousine meiner Mutter, in deren Haus sie nach dem frühen Tod ihrer eigenen Eltern aufgewachsen war. Ruth und meine Mutter waren wie Geschwister: entsprechend herzlich war das Wiedersehen.

Ruth war damals etwa so alt wie meine Mutter, um die dreißig, blond, mit einer üppigen Figur und einem schönen ebenmäßigen Gesicht. Blaue Augen, eine schmale, leicht gebogene Nase, ausdrucksvolle Lippen und schöne helle Haut. Als sie uns entdeckte, strahlte sie vor Freude. Und als wir ausstiegen, gab es lange Umarmungen von Mutter und Ruth. Auch die Begrüßung mit meinem Vater war sehr herzlich.

„Hans-Gerd", sagte sie zu mir. „Du bist ja so groß geworden!" Dann nahm sie mich zu sich und drückte mich an ihren großen Busen und an ihre Wange.

„Dies ist also meine Familie", sagte sie und drehte sich zu zwei Menschen um, die bei ihr standen. „Darf ich vorstellen?! Erich, Paula und Hans-Gerd aus Deutschland, und dies sind Jorge und Herta Neumann. Jorge ist hier der Vorsitzende der Jüdischen Gemeinde, er wird sich darum kümmern, dass Ihr bleiben könnt. Er kennt den Präsidenten des Landes persönlich."

Jorge Neumann war ein stattlicher Mann, etwas korpulent, mit einem großen runden Gesicht und vollständiger Glatze. Herta, etwas kleiner, rundlich, mit schwarzen lockigen Haaren und einem breiten freundlichen Lächeln.

Das Auto der Neumanns stand nahe am Eingang des einfachen Bahnhofs. Viele Automobile erinnere ich nicht, aber doch Fahrräder und unendlich viele kleine Holzkarren, welche alles Mögliche transportierten, von Blumen und Früchten, bis zu Koffern und Mobiliar. Zwei in Lumpen gekleidete junge

Männer hatten unsere Koffer bei sich und hoben sie in den hinteren Teil des Autos. Dann stiegen wir ein: Jorge Neumann und mein Vater vorne, Herta, meine Mutter und Ruth auf den hinteren Sitzen. Ich saß auf Ruths Schoß, weshalb ich durch das Fenster gut sehen konnte, wie wir eine breite Straße entlangfuhren. Unter einer Brücke mit zwei Bögen hindurch (puente de la penitenceria - Brücke des Gefängnisses) und dann immer weiter geradeaus.

Ruth, meine Mutter und Juan Levy auf den Treppen vor
Ruths Häuschen

Viel war an der Straße nicht zu sehen. Einige einstöckige Häuser und mehrere Tankstellen. Dann kam eine große Kreuzung und wir bogen nach links ab. Das Eckhaus aus grau bemaltem Holz sollte in relativ naher Zukunft unser zweites Zuhause werden. Etwas weiter, auf der linken Seite, ein zweites großes Holzhaus mit einem Schild „Maria Minera", so hieß die Schule, meine zukünftige erste Lernstätte in Guatemala. Schräg gegenüber „YURRITA" – eine byzantinisch anmutende (weil mit Türmchen und sehr bunt), aber trotzdem katholische Kirche.

In der folgenden Rechtskurve sah man auf der linken Seite ein langes hellgelbes Gebäude. An beiden Enden ein kleiner Turm, in der Mitte, ein großes Tor. Es war die POLITECNICA, Heimat der guatemaltekischen Militärelite: der KADETTEN. Später habe ich diese Kadetten oft in ihren prächtigen hellblauen Uniformen mit dunkelblauer Kappe marschieren gesehen. Jetzt fuhren wir auf einer sehr breiten Straße „AVENIDA DE LA REFORMA". Auf beiden Seiten, breite Gehwege und herrschaftliche Häuser. Überall viele hohe Zypressen und zwischen den zwei Fahrbahnen ein breiter Rasenstreifen, der gelegentlich von der Skulptur eines (sicherlich wichtigen Landespolitikers) durchbrochen wurde.

Es dauerte nicht mehr lange, bevor Jorge Neumann sein Auto auf die entgegengesetzte Bahn lenkte und an der Seite auf einer Rasenfläche hielt. – Beim Aussteigen sah man vier gleich aussehende neue Häuser. Sie unterschieden sich nur durch ihre Farben: rosa, gelb, hellblau, weiß.

Nachdem wir ausgestiegen waren, verabschiedeten sich die Neumanns und versprachen baldiges

Wiedersehen und wir, Ruth Rosenbaum und Familie Levy, spazierten über einen gepflegten Rasen in das gelbe Haus hinein.

Es war Mittagszeit und bald saßen wir im Esszimmer. Das Hühnchen mit Kartoffelpüree und gekochtem Gemüse taten uns nach der Reise wirklich gut. Eigentlich war es wie Zuhause in Deutschland. Aber es gab doch einen Unterschied. Ein junges indianisches Mädchen, welches die Speisen brachte und entfernte. Wir waren im Land der MAYAS. Doch nicht in Deutschland!

„So", sagte Ruth, „dies ist nun mal fürs Erste Euer neues Zuhause. Ihr werdet sehen, hier in Guatemala ist es schön. Und es gibt keine NAZIS."

Der Atilan See

LEBEN IN GUATEMALA

Guatemala heißt das mittelamerikanische Land und Guatemala ist auch der Name dessen Landeshauptstadt. Vier Stunden lang hatten wir erste Eindrücke des fremden Landes, nun waren wir in der Stadt und es hieß, sich in der neuen Umgebung einzuleben.

Die Stadt Guatemala liegt auf einem Hochplateau (ca. 1.500 Meter). Anders als in Europa, lernten wir, gibt es hier nicht vier, sondern nur zwei Jahreszeiten. Keinen kalten Winter!! Nur sechs Monate Regenzeit und sechs Monate Trockenzeit. Die Stadttemperaturen bewegen sich in der Regel zwischen 15 Grad Celcius am Tagesanfang und 30 Grad am Mittag. Abends kühlt es dann wieder auf 15 Grad ab. Im November und Dezember kann es weiter abkühlen, aber es wird nie so kalt, dass man europäische Winterkleidung tragen müsste. Wir waren in den letzten Tagen der Trockenzeit angekommen. Im April wurde es in Guatemala am heißesten. Im Mai kam der erste Regen und Abkühlung.

Die sommerlichen Temperaturen halfen meinen Eltern gewiss, sich der neuen Lebenslage anzupassen. Meine Mutter war sehr kommunikativ und hatte schnell Anschluss bei vielen jüdischen Frauen gefunden, die in Guatemala heimisch waren. Mein Vater gewann durch Jorge Neumann, der Besitzer des größten Herrenausstattungsgeschäftes der Stadt war, erste Kontakte zur Geschäftswelt. Bald lief er mit einem Köfferchen herum und besuchte Geschäfte, um Krawatten, Strümpfe und weitere männliche

Accessoires anzubieten. In Deutschland hatte er als Direktor die Arbeit von Vertretern dieser Art, sehr gering geschätzt. Jetzt aber war er glücklich, mit dem Anbieten von Herrenartikeln den Lebensunterhalt für sich und seine Familie verdienen zu können.

Dabei lernte er natürlich die Leute der Stadt kennen und auch mit der neuen Sprache umzugehen. – Ich weiß nicht, wie er es gemacht hat! Unterricht in der spanischen Sprache hat er nicht bekommen (und ich glaube auch nicht an eine Freundin, die ihm die Sprache beigebracht hätte!), also muss er eine sehr gute Sprachauffassung gehabt haben. – Später sprach er tadellos spanisch ohne jeglichen Akzent.

Meine Mutter hingegen sprach bis an ihr Lebensende ein spanisch artiges Kauderwelsch, dem man am besten folgen konnte, wenn man das Gegenteil von dem, was sie gerade gesagt hatte, annahm. Ich glaube aber, sie konnte trotz ihrer spanischen „Kreationen" sehr überzeugend sein.

Für den kleinen Hans-Gerd war die Welt in Ordnung. Liebe Eltern und eine Tante Ruth, die immer für ihn da war und immer freundlich strahlte. Unter solchen Bedingungen fühlte ich mich frei, die Welt zu genießen, und die nähere Umgebung zu erkunden. Sehr bald war ich Besitzer eines Hauptgewinns: Sie hieß Conchita, und sie wohnte nebenan. Conchita war etwa so alt wie ich, sehr hübsch, mit ihrem freundlichen Gesicht, dunklen Augen, schwarzem Haar und ganz weißer Haut. Wir spielten immer miteinander, jeden Tag, und dann war es passiert: Ich war verliebt. Mit vier! Conchita war die erste große Liebe meines Lebens und sie verschönerte jeden neuen Tag für mich.

Aus dieser ersten Zeit in Guatemala bleibt mir noch eine weitere, etwas dramatische Erinnerung. Irgendwann vormittags nahm ich meine Mundharmonika, überquerte unseren Vorgarten und setzte mich mit dem Rücken an den Zaun, der unsere Bleibe von der Straße abgrenzte. Ich glaubte, einen schönen Sitzplatz gefunden zu haben und spielte so vor mich hin, als ich bemerkte, dass meine Beine (ich trug noch deutsche kurze Hosen) voller kleiner, sich bewegender schwarzer Pünktchen waren. Diese krabbelten auch weiter aufwärts: AMEISEN, die in ihrer Not (sie hatten wohl meinen Körper mit ihrer Behausung verwechselt) aggressiv wurden und mich schrecklich stachen. Auf meine Schreie hin eilte Tante Ruth zu mir und steckte mich in Windeseile in eine sich mit Wasser füllende Badewanne, eine Maßnahme, die nach kurzer Zeit wieder Ruhe einkehren ließ. Aber es war schon ein Schreck. Obwohl: Ameisen gab es doch in Deutschland auch! Für mich aber waren sie neu. – „Von nun an", schimpfte Tante Ruth, „passt Du aber auf".

Ausflug zum großen See Atilan:
Ilse Levy, Paula, Juan Levy, Erich Levy (mit Mütze)

Chanuka mit der Familie

Wir blieben nicht lang in Ruths Umgebung, sondern zogen ein in das schon einmal erwähnte Holzhaus an der großen, nach Süden und ins Stadtzentrum führenden Kreuzung. Hier konnten wir schon bald nach dem Umzug Hermann Lesser, den Bruder meiner Mutter, mit Ilse, seiner Frau und ihre Kinder Margot und Alexander (später „Boy") beherbergen. Auch zwei große Schäferhunde waren dabei, die im Garten neben den Algarven in ihren Hundehütten weilten.

Mein Vater wurde von Mitgliedern der Jüdischen Gemeinde in Guatemala heftig dafür kritisiert, dass er Familie aus Deutschland nach Guatemala brachte, obwohl er selbst über so wenig Geld verfügte. Man konnte sich eben so weit weg von Europa nicht vorstellen, wie entsetzlich es geworden war, als Jude in Deutschland zu leben.

Mein Vater ignorierte den Tadel und holte noch zwei meiner Cousinen, Ilse und Inge Levy (Kinder seiner Brüder) nach Guatemala und im letzten Augenblick auch Albert Rosenbaum, den Vater von Ruth, der Cousine meiner Mutter. (Alle anderen Verwandten waren in den vergangenen Jahren eines natürlichen Todes gestorben. Die Mutter meiner Cousine Ilse starb im KZ.) Alle, bis auf Albert Rosenbaum wohnten wir zuerst einmal im Holzhaus zusammen. Erst allmählich konnte Hermann Lesser mit seiner Familie ein eigenes Haus beziehen. Inge Levy zog weiter nach Bolivien, aber Ilse blieb bei uns, und machte mit der Zeit wie wir auch, Guatemala zu ihrer Heimat.

Albert Rosenbaum stand vor allem für zwei Dinge: Glühender deutscher Sozialdemokrat – und: er wurde mein Opa. Wir mochten uns wohl gegenseitig. Er war mit der großen deutschen Musik der Vergangenheit regelrecht verwachsen und hat sie dadurch auch mir näher gebracht. Als ausgeprägter Kulturmensch, der er war, schleifte er mich durch sämtliche Museen Guatemalas, wodurch ich zum Kenner von alten Kanonen und Gewehren wurde (was mich persönlich aber herzlich wenig interessierte). Albert Rosenbaum ging sehr schnell nach dem Zusammenbruch Nazi-Deutschlands in seine Heimat zurück. Er war in Guatemala immer ein Fremder geblieben und als Heimkehrer besuchte er politische Freunde von früher, unter anderem so Prominente wie Eugen Gerstenmaier, Carlo Schmid oder den unvergessenen ersten Präsidenten der Bundesrepublik Theodor Heuss. Ich glaube, Albert Rosenbaum wurde in Guatemala, auch vonseiten unserer Familie, völlig unterschätzt. Da er für den Verlust seines Besitzes in Deutschland bei seiner Wiederkehr entschädigt wurde, konnte er seine letzten Lebensjahre in der Bundesrepublik sorgenfrei und entspannt leben. Und ich bekam in Guatemala eines Tages ein sehr außergewöhnliches Geschenk von ihm (es muss im Jahr 1948 gewesen sein). Vor der Tür unseres Hauses stand auf einmal ein riesiges Holzgestell. Der Inhalt: ein großer herrlicher Ibach-Flügel. Opa hatte ihn für mich von einem bekannten Musiker in Deutschland gekauft und über das große Wasser geschickt. Ich hatte eben einen wunderbaren Opa!

Vor dem Holzhaus erlebte ich auch die großen Paraden, die jährlich am 15. September zur Feier von Guatemalas Unabhängigkeit von der spanischen Herrschaft, stattfanden. Da marschierten die Kadetten von nebenan mit ihren blauen Uniformen vorbei, gefolgt von lauter Blaskapellen sowie den Kindern aller Schulen der Stadt.

Hauptattraktion: der Präsident des Landes: General Jorge Ubico.

Hochdekoriert, in prächtiger Uniform, saß er auf einem wunderschönen, sehr großen, sich langsam und elegant bewegenden Pferd und grüßte die Menschen huldvoll auf den Bürgersteigen. Ich ergatterte mir natürlich zu einer frühen Stunde einen guten Stehplatz vor unserem Gartenzaun und salutierte kerzengerade mit großer Inbrunst, als der wichtige Herr vorbeiritt. Als Dank für meine Haltung hat mich der General immer sehr freundlich angeschaut und zurücksalutiert. Ich war sehr stolz über die, wie ich fand, große Ehre.

Das Holzhaus lag sehr günstig bezüglich meiner ersten Schuljahre, denn die staatliche Grundschule „Maria Minera" lag auf derselben Straßenseite wie unser Haus – nicht weiter als 200 Meter entfernt. So konnte ich sie immer unbegleitet erreichen. Der Grundschule vorgeschaltet war die sogenannte „Präparatoria" und sollte die Kinder auf die kommenden Schuljahre vorbereiten. Im speziellen Fall der „Maria Minera" war das alles andere als gut gelöst. Denn meine Klasse wurde von Señorita Hortensia betreut. Die Dame war für diese Aufgabe nicht ideal qualifiziert, um es mal euphemistisch zu sagen. Man stelle sich eine aus einiger Entfernung gesehene Vogelscheuche vor und Señorita Hortensia daneben und man hätte gewiss Schwierigkeiten gehabt, sie auseinanderzuhalten (sehr boshaft ... ich weiß).

Die Dame muss um die 60 Jahre alt gewesen sein und sie bestand, wie es schien, nur aus Gerippe, so dürr war sie. Auch das Gesicht bestand nur aus Haut und Knochen – obendrauf besichtigte man kurze, hellgraue Löckchen. Ein Anblick für die Götter! Señorita Hortensia war immer schlecht gelaunt und ich glaube nicht, dass irgendjemand bei ihr etwas gelernt hat ..., außer Angst zu bekommen. Denn sie hatte einen langen, dünnen Stock, der ab und zu auf Gegenstände geschlagen wurde und man hoffte, nicht irgendwann doch sein Ziel zu werden.

Da alle Kinder sich bei ihr unwohl fühlten, gingen andauernd Arme hoch mit der Bitte verknüpft, kurz austreten zu dürfen. Irgendwann war es natürlich mit der Geduld der Lehrerin vorbei und keiner durfte mehr aus dem Zimmer heraus. Ich gehörte nicht zu den ewigen Fragern, aber irgendwann meldete sich auch bei mir die Natur. Ich hob den Arm und bekam prompt eine Absage. Ich versuchte noch ein zweites und ein drittes Mal, aber Señorita Hortensia sagte immer NO!

Ja, und dann explodierte es eben bei mir, und die angesammelte hellgelbe Flüssigkeit, lief ungehindert durch meine kurzen Hosen, die etwas schräge Sitzbank entlang, auf der ich mit mehreren Kindern zusammen saß. Das anschließende Geschrei war groß, als meine Nachbarn bemerkten, dass ihre Hosen, Kleider, Gesäß und Beine ebenfalls feucht geworden waren. Ich musste als Strafe nach gehöriger Beschimpfung den Raum verlassen und nach Hause gehen.

Das waren keine schönen Stunden für mich, aber die Wogen waren bald geglättet, denn „Maria Minera" wollte doch Juanito Levy (so hieß ich jetzt) nicht verprellen. Der konnte nämlich so schön Akkordeon spielen und war bei allen wichtigen Anlässen (besonders, wenn die Nationalhymne zum Besten gegeben werden musste) als schöne Stütze vieler falsch gesungener Töne sehr gefragt! Also auch in meinen frühen Lebensjahren war das Musizieren ein Teil meiner sich entfaltenden Seele. Musik machen war eine Selbstverständlichkeit.

Bis zum Ende des dritten Schuljahres blieb ich an der Maria Minera. Dort gab es freitags Wochenendnoten für die erbrachten Schulleistungen. Man bekam die Einschätzungen in der Form eines quadratischen Zettels, den es in drei Farben gab: blau für „Gut", gelb für „Ausreichend" und rosa für „Unbefriedigend".

Ich fing mit blauen Zetteln an, dann kam eine gelbe Zeit und schließlich war alles nur noch rosa. Mein praktisch veranlagter Vater suchte mir dann eine neue Schule, aber ich musste Englisch sprechen, um in der ausgewählten aufgenommen zu werden. So schickte man mich zu Frau Jakobsthal, einer begabten und sehr freundlichen Dame, die an meiner künftigen Schule lehrte. Bei ihr lernte ich in drei Monaten die neue Sprache so gut, dass sie mich für qualifiziert hielt und mich an entsprechender Stelle empfahl. Sie war eine ungewöhnlich gute Lehrerin – und ich wohl nicht ganz unbegabt.

Leider setzten sich weitere Lernerfolge in der neuen Schule aber nicht fort. Herr Lehnsen, Gründer, Direktor und Mathematiklehrer (von Hause aus Physiker) der Schule, bekam mit mir den desinteressiertesten und unbegabtesten Matheschüler. Und die anderen Lernfächer haben mich auch nicht dazu bewegt, irgendwelche positiven Leistungen zu erbringen. Zwischen meinem neunten und dreizehnten Geburtstag schien mein Körper in eine Art Halbschlaf eingetreten zu sein, der für schulisches Lernen keinen Raum hergab. Die Ergebnisse dieser körperlichen Entwicklung konnten an den nie ganz befriedigenden Schulnoten abgelesen werden, aber es kam noch etwas Gravierenderes und Trauriges hinzu. Ich war unter meinen Mitschülern sehr unbeliebt, wohl auch, weil ich das schwächste Glied der Lernenden verkörperte, mit der Folge, dass ich ohne Freunde blieb.

Eine weitere Auswirkung dieser bedrückenden Lage war die Entstehung eines Feindes. Es handelte sich um einen Mitschüler namens Ricardo M, der sich berufen fühlte, mich zu schlagen. – Über Jahre musste ich seine Fausthiebe über mich ergehen lassen und da ich selber nicht imstande war mich zu wehren und die Schule niemanden beauftragte, Missstände dieser Art zu beobachten und zu ahnden, war ich Ricardo M ausgeliefert. Als meine Eltern von den jahrelangen Verprügelungen ihres Kindes erfuhren (nicht von mir), gingen sie zu Direktor Lehnsen und baten ihn um Unterstützung, die er aber verweigerte, weil er der Meinung war, es wäre im Sinne einer zeitgenössischen Pädagogik, dass Kinder unter sich lernen, einen sozialen Umgang miteinander zu pflegen. Wurde hier die Macht des Stärkeren über den Schwächeren gutgeheißen? Oder regierte bloß die Einfalt, welche meinte, das Gute würde sich letztendlich von selbst durchsetzen?

Meine Eltern, schwer enttäuscht über die Ansichten der Direktion, und bemüht, mir zu helfen, engagierten einen alten ehemaligen Boxer, der mir helfen sollte, mich vor Angriffen zu schützen. Ich bekam also Boxunterricht. Jeden Samstagvormittag erschien nun der ältere kräftige Mann und ich lernte bei ihm auf der Rückseite unseres Mietshauses, wie man die Fäuste vor das Gesicht hält. Ich wurde auch ermuntert, auf meinen Box-Lehrer einzuschlagen und sah, wie er meine Angriffe abwehren konnte. In kurzer Zeit hatte ich viel gelernt und als ich einmal mehr von Ricardo M angegriffen wurde, war ich physisch und mental so verändert, dass der Angriff abgewehrt werden konnte und mein Gegner selber ein wenig einstecken musste.

Danach wurde ich nicht wieder angegriffen und eines Tages erfuhr ich, dass Ricardo M nicht mehr unsere Schule besuchte. Er war in ein Militärinternat in den USA geschickt worden, wo er, wie mir Jahre später erzählt wurde, unter umgekehrten Vorzeichen selbst zum Opfer wurde.

Zwei wichtige Lehren blieben mir aus dieser Zeit: № 1, eine Aggression kann nur vermieden werden, wenn der potenzielle Aggressor fürchten muss, bei seinem Vorhaben selbst zu Schaden zu kommen. Und 2.: Man muss lernen, auch ohne glücklich zu sein, auszukommen. Das Wichtigste im Leben ist nicht das Glückserlebnis, sondern die Fähigkeit, überhaupt ERLEBEN zu können. – Wir können dankbar dafür sein, dass die Schöpfung uns befähigt, das äußere und das innere Geschehen des Lebens zu reflektieren.

PUBERTÄT UND ADOLESZENZ

In meinem Lexikon lese ich unter dem Stichwort „Pubertät": Geschlechtsreife etwa mit 14 Jahren endend und über Adoleszenz: „Prozess des Erwachsenwerdens". – „Veränderte soziale Verhaltensweisen mit einem Selbstkonzept endend." Rückblickend treffen seine Beschreibungen das äußere Erscheinungsbild meiner damaligen seelischen Zustände gut. Nur, es ist eines, einen generalisierten Zustand als objektiven Verlauf zu beschreiben und etwas anderes, diesen von innen her, in Seele und Körper zu erleben.

Mein damaliger Schuldirektor, Hans Lehnsen, schrieb am Ende meiner Schulzeit im Jahrbuch: „Von Juanito zu John: die größte Verwandlung in einem Menschen, die ich je erlebt habe." Diese auf mich bezogenen Worte (vielleicht auch der Versuch einer Erklärung für eigene Versäumnisse) umschrieben die Ergebnisse meines Entwicklungsprozesses und erinnern ein wenig an den Naturhergang einer Larve, die zum Schmetterling mutiert. Ob die Larve etwas fühlt? Einen Verwandlungsprozess habe ich für mich auf jeden Fall nicht bewusst erlebt. Was man mitbekommt, sind eher umwälzende Erfahrungen. An erster Stelle: Die Explosion der Sexualität.

Heute finde ich diese eindrucksvoll abgebildet in Walt Disney's Film „Fantasia (1)", in dem Vulkane riesige Lavamengen konvulsiv ausspien.

Die Wucht meiner neuen physischen Existenz ermöglichte extreme und ungeahnte Erlebnisse, welche bewusstseinserweiternde Erfahrungen erbrachten. Zu meinem Erstaunen beleuchteten sie in ihrer Intensität auch sehr bald die große Musik der Klassik und Romantik. Durch sie fielen die Schleier der Musikwerke und ich erkannte Höhen und Tiefen, Ekstasen und Vernichtungen in den Werken der großen Komponisten: Beethoven, Brahms, Tschaikowsky und so weiter. Im häuslichen Wohnzimmer tanzte ich von Musikerlebnissen übermannt zum dithyrambischen Finale der Siebten Beethovens und sang über mich selbst weit hinauswachsend, ein Loblied an den Weltenschöpfer, wie es Beethoven im 2. Satz seiner Siebten in ewiger Seligkeit mit seinen Tönen ausgedrückt hatte. Tschaikowsky stürzte mich in seiner sechsten Sinfonie in Abgründe – und ich erfuhr, wie ein Lebensende sein kann.

Es waren viele große Musikerfahrungen. Erschütternde, ergreifende Erlebnisse. – Von klein an hatte ich ja mit der Musik gelebt: Mundharmonika, Akkordeon, Klavier, das waren ja meine Entwicklungsstufen, und es bedurfte keines äußeren Zwangs, mich den Instrumenten zu widmen. Sie waren immer ein Teil von mir. Was aber jetzt geschah, ging über das Bekannte und das Instrumentale weit hinaus.

Ich entdeckte das Herz der Komponisten, ich verstand ihre Anliegen, ihre Darstellung der großen Motive unserer menschlichen Existenz und ich wusste, dass ich von ihnen dort berührt worden war, wo ich die Wurzeln meines eigenen Wesens spürte. Es gab einen Augenblick, in dem mir klar wurde, dass es nichts auf dieser Welt gibt, das den Wert der Musik überragen könne, und dass ich meinen Lebensweg und mein Lebensziel erkannt hatte. Die Musik würde der Mittelpunkt meines Lebens sein!

Um mir in Zukunft selbst zu genügen, müsste ich professioneller Musiker werden. Alles andere schien abwegig und letztlich unbefriedigend.

Doch das Leben bestand ja nicht nur aus diesen herausragenden Erlebnissen. Vor allem die Schule verlangte bewältigt zu werden, und außerdem wollte ich den Menschen um mich herum ein angenehmer Partner werden. Die durch die Pubertät entfesselte Kraft ragte also auch in meine schulischen und in meine sozialen Bereiche hinein.

War ich doch eine lange Zeit gegenüber Schulanforderungen lethargisch gewesen, so bemerkte ich jetzt, wie wunderbar es war, die englischsprachigen Dichter zu lesen. William Shakespeare, Emily Dickenson, Robert Frost etc. Und ich durfte über selbst Erlebtes Aufsätze schreiben, die von dem zuständigen Lehrer sehr gelobt und sogar anderen Schulklassen vorgelesen wurden! Ich las über das Leben griechischer Philosophen und mit einer unvergessenen Lehrerin erfuhren wir über die geschichtliche Entwicklung der USA und ihre großen politischen Führer, von denen mich Benjamin Franklin und Abraham Lincoln besonders beeindruckten.

Ich wurde also ein sehr engagierter Schüler und um gute Arbeit zu leisten, erstellte ich mir täglich einen Plan mit Stichworten, um die Schulanforderungen der nächsten Zeit anzugehen. – Meine neue Einstellung wurde allmählich erkannt. Die Schulergebnisse (bis auf Mathe) wurden sehr gut. Hier hatte sich ohne Frage eine positive Persönlichkeitsentwicklung eingestellt.

Die hinzugewonnenen Kräfte veränderten aber nicht nur mein Leben mit der Musik und den Erfolg in schulischen Tätigkeiten, sie aktivierten auch meine natürliche körperliche Energie und ich bemerkte physische Möglichkeiten, die mich instand setzten, sehr gute sportliche Leistungen zu erbringen. Plötzlich war ich ein schneller Kurzstreckenläufer. Sehr starke Leistungen im Hoch- und Weitsprung gesellten sich zu der neuen physischen Realität. Am Ende dieses Entwicklungsprozesses behauptete ich mich sogar in einem nationalen Wettbewerb.

Mein liebster Sport war Basketball. Ich konnte aus größerer Distanz zuverlässig den Korb treffen und mein Vorwärtsdrang zwang meine Gegner in die gewünschte defensive Haltung. Noch viele Jahre später erinnerten Mitspieler sich an mein lebendiges Verhalten. Trotzdem: Die wirklich entscheidenden Spieler unseres Teams waren meine amerikanischen Freunde Larry Stupenkoff, Richard Goodwill, Levy Sanchez usw. Sie alle waren US-Amerikaner, hatten von Kindheit an Basketball gespielt und waren nahezu virtuos im Umgang mit dem Ball und mir bei weitem überlegen. Wir spielten in der zweiten Liga der Stadt Guatemala und wurden am Ende meiner zwei letzten Schuljahre Vizemeister der Stadt. Ja! Und ich gehörte dazu!

Es waren wunderbare Erlebnisse, die wir nach gewonnenen Spielen bei „FRANKFURTERS" (ein düsteres kleines Lokal im Stadtzentrum) ausgiebig feierten. – Dort gab es guatemaltekische Tortillas mit Guacamole und Würstchen. Natürlich auch Bier. Wir gingen unsere Spielzüge genüsslich noch einmal in unseren Erinnerungen durch: „Weißt du noch, wie ich diesen Wurf … und diesen Gegner … und diesen technischen Trick …" usw.

Rückblickend denke ich manchmal: Diese Jahre waren vielleicht die unbeschwertesten meines Lebens. Es war so Vieles gut, es gab keine Sorgen und so viele beglückende Erfolge.

Die Basketballmannschaft (Juan Levy 3. von rechts)

Auf der Spitze des Vulkans Pacaya (Juan Levy zweiter von links)

Aber es existierte auch noch ein sehr enervierendes Element, welches für zusätzliche Kraft sorgte. Es hieß SALLY – und sie war lange (auch wenn sie es von mir nicht erfuhr) meine große Liebe. Eine wunderschöne Mitschülerin mit wallendem blonden Haar, einem feinen, freundlichen Gesicht, sehr weißer Haut und strahlend blauen Augen. Obwohl ich sie nicht näher kennenlernte, war ich in sie unsterblich verliebt. So verrückt ist man in diesen jungen Jahren!

Doch sie ging zu Ende, diese Lebenszeit. Nach dem Schulabschluss gingen alle, die vorher zusammengehörten, ihre eigenen Wege. Larry, Richard, Levy Sanchez, Sally – alle in die USA. Und der Kontakt brach ab.
Auch mein eigener Weg mündete in einer nordamerikanischen Musikhochschule. Es begann ein neuer Lebensabschnitt.

„COCTEL MEXICANO"

Meine Studienzeit an der nordamerikanischen Musikhochschule OBERLIN CONSERVATORY in Ohio USA fand ein Ende, da ich den Anforderungen des Instituts nachgekommen war und so die Voraussetzung erfüllt hatte, mein Abschlussdiplom zu erhalten.

Es fehlte nur mein abschließender Klaviervortrag und dieser wurde in Absprache mit meinem Lehrer Jack Radunsky um ein halbes Jahr verschoben, da sich bei mir emotionale Probleme eingestellt hatten, von denen wir beide hofften, sie könnten in den Monaten der Ferienzeit überwunden werden.

Normalerweise war ich nach Beendigung eines Studienjahres immer zu meinen Eltern nach Guatemala zurückgeflogen. Diesmal teilte mir aber mein Vater mit, er wolle nach Besuchen bei Freunden und dem Kauf eines Autos in New York mit meiner Mutter und mir über Land nach Guatemala zurückfahren. So war es, dass an einem schönen Sommertag Mitte Juni des Jahres 1954 meine Eltern in einem türkisfarbenen Sechszylinder Buick vor meiner damaligen Mietswohnung standen, und wir uns kurzerhand auf den Weg machten. Der Plan war, von Ohio nach Colorado zu fahren und dann – nach Süden abbiegend – durch New Mexico, um die mexikanische Grenze zu erreichen.

Was soll ich über die Strecke von Ohio bis Colorado sagen ... Sehr, sehr eintönig. – Vielleicht hatten wir eine ungünstige Route erwischt, keine Ahnung! Aber sie bestand fast nur aus kerzengeraden Straßen. Manchmal wurde es ein bisschen hügelig und dann und wann bekam man ein Motel oder eine Tankstelle zu sehen. Das war's dann aber auch schon.

Links und rechts weite, unbewohnte Flächen, vielleicht waren sie auch bepflanzt. – Ich kann es nicht erinnern. Die reizlose Umgebung animierte natürlich zur Unterhaltung und da ich meine Eltern fast ein ganzes Jahr nicht gesehen hatte, gab es viel zu erzählen. Die Eintönigkeit des Weges wurde zum Trost ab und zu von einem Howard-Johnson-Restaurant unterbrochen, einem Mittelklasse-Rastplatz, der Gelegenheit bot, anständig zu essen, Toiletten aufzusuchen und ein wenig Proviant einzukaufen.

Nach der willkommenen Abwechslung fuhr man dann weiter – und fuhr und fuhr – viele hunderte Kilometer ohne Radio, weil die vermittelten Inhalte von Hillbilly-Musik, über lokale Unwichtigkeiten und Reklame ohne Ende besser abgeschaltet blieben. Nur einmal erwischten wir E-Musik. Am Klavier: LIBERACE. Die Älteren unter meinen Lesern werden vielleicht diesen skurrilen Pianisten erinnern, der in Las Vegas mit silbernen oder goldenen Anzügen, unzähligen Ketten, ausladenden Ohrringen und so vielen Ringen an den Fingern spielte, dass letztere vor lauter Geglitzer fast verschwanden. Aber es war interessant für mich zu hören, wie dieser ungewöhnliche Mensch mit dem Klavier und der Musik umging. – Seine pianistischen Ergebnisse wichen immerhin nicht von den Partituren ab. Aber Interpretation? Weit gefehlt. Nur Wiedergaben in bekannter Manier und es ging nur um kürzere, technisch recht anspruchslose Kompositionen. Und das war das einzige, was wir auf der langen und – ich muss es sagen – öden und langweiligen Fahrt anhören konnten.

Nichts zu hören … nichts zu sehen … schon anstrengend und enttäuschend!!

Ab Colorado ging es nach Süden. Die Erde färbte sich rot und plötzlich standen wir vor einer Brücke, die dazu gedacht war, einen kleinen darunter fließenden Fluss zu überqueren.

Der Fluss war aber nicht mehr klein. Er war mächtig angeschwollen und ging über die Ufer. Leider auch über die Brücke! Diese war nun zum Teil unter Wasser und ich weigerte mich, den Wagen über sie hinüber zu fahren. Mit meinem Vater stiegen wir aus, um uns die Sache anzuschauen, und ich sagte zu ihm: „Ohne mich, die Verantwortung heil auf die andere Seite anzukommen, kann ich nicht übernehmen." Mein Vater wollte nicht irgendwo viele Meilen zurückfahren, und so setzte er sich an den Lenker, und nachdem ich eingestiegen war steuerte er den Buick im Schneckentempo über die kurze schmale, von Wasser überschwemmte Brücke. Unten, der reißende Bach. Kein angenehmes Gefühl! Aber es ging gut und wir erreichten noch am selben Abend EL PASO, Texas. Grenze USA – Mexiko. Auf der anderen Seite der Trennungslinie zweier Länder: CIUDAD JUARES.

Am nächsten Morgen wachte ich mit unerträglichen Zahnschmerzen auf und wir mussten zum Zahnarzt. Nachdem dieser mir einen Backenzahn entfernt hatte, fuhren wir zur Grenze. Auf mexikanischem Boden verschwand mein Vater hinter den Mauern eines größeren Hauses – der mexikanischen Grenzbehörde – und kam erst nach langer Zeit wutentbrannt zum Auto zurück. Die Behörde hatte für die Durchfahrt des Automobils bis zur südlichen mexikanischen Grenze eine Kaution verlangt, die unverhältnismäßig hoch war. Mein Vater war außer sich über das, was er als Riesenfrechheit bezeichnete.

„Wir fahren zurück in die USA", sagte er.

Der amerikanische Grenzpolizist grinste, als er die Geschichte hörte und versuchte zu beruhigen. Er wüsste, es würde anderen genauso gehen, aber beim zweiten Anlauf würde man meistens weiterfahren können.

„Try it again tomorrow".

Also noch einen Tag in EL PASO, was für meine Zahnfleischgenesung gewiss von Vorteil war, und am nächsten Vormittag um acht Uhr früh standen wir wieder auf der mexikanischen Seite, am selben Haus des gestrigen Tages. Doch dieses Mal kam mein Vater nach einer Viertelstunde mit freudigem Gesicht zurück.

„Alle Probleme gelöst – ein anderer Beamter."

Wir wollten weiterfahren, wurden aber nach kurzer Strecke von vier Uniformierten angehalten.

„Der Inhalt des Autos muss durchsucht werden. „Saquen las Cosas" – alles raus!

Die vier Herren sahen nicht gerade vertrauenerweckend aus. Ungepflegte Uniformen, einige Hemdenteile hatten die Hose verfehlt, die Schuhe ungeputzt, Schnürsenkel hingen seitlich herunter. Aber Pistolen hatten sie! Und so machten wir uns ans Auspacken des Wageninhalts.

Zuerst musste aber eine alte Decke gefunden werden und diese wurde auf den Lehmboden hinter dem Auto gelegt. Danach mussten alle Einkäufe meiner Mutter – sie hatte in New York tüchtig zugeschlagen – auf die Decke: Bekleidung aller Art wie Hüte, Strümpfe, Büstenhalter, Unterwäsche etc. etc. Die vier Herrschaften standen herum, inspizierten das eine oder andere und alles ging nur sehr langsam voran. Dann ging ich zum nahestehenden Kiosk, kaufte einen Kasten Bier, trug ihn zum Auto, öffnete vier Flaschen und gab den mexikanischen Zollposten jedem eine. Sie bedankten sich, tranken vergnügt, und sehr bald waren sie mit der „Inspektion" fertig. Wir durften weiterfahren. Was doch so eine Flasche Bier alles bewirken kann! Na ja, vielleicht nicht überall auf der Welt, aber damals in JUARES verhalf sie uns zur Einfahrt in das Land der Azteken.

Endlich waren wir auf offener Straße. Sie war kerzengerade und gut asphaltiert. Links und rechts davon: Sandwüste. Unendliche Sandwüste!! Es wird zwischen zehn und elf Uhr vormittags gewesen sein und meine Mutter holte die eingepackten Butterbrote heraus. Gekochte Eier gab es auch und das nötige Salz dazu. Kaffee aus der Thermoskanne. Meine Mutter hatte viele gute Seiten. Gemütlichkeit stand ganz oben auf ihrer „To-do-Liste". Wir entspannten bei unserem eingespielten Proviantritual und freuten uns wieder des Lebens. Jetzt, dachten wir, könnten wir den Weg durch Mexico sorgenlos genießen. Doch es kam anders.

Wie meistens saß ich wieder mal am Steuer und sah in der Ferne einen schwarzen Punkt auf der Straße. Bei abnehmender Entfernung entpuppte sich dieser als ein Mensch in schwarzer Lederuniform auf einem dicken Motorrad. Er stand in der Straßenmitte und machte sein Licht an und aus und als wir nahe genug waren, lenkte er uns mit eingeübten Bewegungen auf die Reste einer einstigen Tankstelle am Straßenrand. Ich hielt an, kurbelte mein Fenster hinunter, und er verlangte unsere Pässe. Nach dieser Übung inspizierte er unseren Wagen von allen Seiten und kam schließlich zurück zu mir: Ich möge doch die Tür öffnen. Auch die von meiner Mutter die hinter mir saß. Und dann schritt er zur hinteren Tür und sagte die von nun an nie wieder vergessenen Worte: „Este es el lugar apropiado" – dies ist der geeignete Ort. Sein rechter Zeigefinger deutete direkt auf die Matte vor den Füßen meiner Mutter.

Was will er? Wollte mein Vater wissen.

„Na Geld natürlich", antwortete ich.

Mein Vater gab mir ein paar Scheine.

„Papa, das wird nicht reichen!"

Er gab noch ein paar dazu. Ich stieg aus, während der Motorist am Ende des Wagens stand, legte die Scheine auf den „lugar apropiado" und setzte mich wieder auf den Fahrersitz. Der Herr kam bald vorbei, nahm die Scheine in seine Hand und zählte sie sorgfältig. Dann schaute er mich an: „Es muy poco"– sehr wenig! Aber er steckte das Geld in die Hosentasche, stieg auf sein Motorrad und fuhr in die Richtung, aus der wir gekommen waren gemächlich fort. Ich atmete auf und setzte den Wagen wieder in Bewegung. Mein Vater sagte: „Hoffentlich der letzte S.O.B" (Son of a bitch – Hurensohn). Dann fuhren wir weiter durch die Sandwüste Richtung Mexico-Stadt. Wir waren noch viele Stunden unterwegs. Am Straßenrand sah man vereinzelt verweste Häuser, die durch lange Dürre und vom Sand angefressen, als Objekte kaum noch zu erkennen waren. Öfter sah man noch ein Schildchen an einer Wand oder Tür mit der Inschrift „la ultima esperanza" – die letzte Hoffnung, was sich mit Sicherheit auf frühere Alkoholverkäufe bezog. Überbleibsel von Lebensformen, welche der Unbarmherzigkeit dieser Landzone erlegen waren.

Die Sandwüste begleitete uns noch viele Stunden. Aber endlich gab es wieder etwas Grün, die Landschaft wurde freundlicher und erste kleine, von Menschen bevölkerte Orte tauchten auf. Mit der Zunahme freundlicher Natur wuchsen und häuften sich die Dörfer, es kamen kleine Städtchen, und schließlich am Ende des Tages erreichten wir die Hauptstadt Mexico-City, und das Apartment von Adelita Castillo, die Freundin meiner Mutter. Wir blieben zwei Nächte und dann ging es weiter in Richtung Guatemala Grenze. Meine Mutter aber entschloss sich, bei ihrer Freundin zu bleiben und per Flugzeug später nachzukommen, und das war auch gut so, denn die Expedition USA – Mexico – Guatemala war noch nicht zu Ende. Einige überraschende Erlebnisse standen noch aus.

Vater und ich machten uns sehr früh am Morgen auf den Weg. Wir kannten die Strecke zur Grenze ja nicht und es ging um einige hundert Kilometer. Es gab also keine Zeit zu verlieren. Wir fuhren auf der Carretera Panamericana, die große Straße, welche den nord- und südamerikanischen Kontinent verbindet. Die Straße war breit und gut asphaltiert und unser schöner Buick fuhr prächtig. Mein Vater hatte gut eingekauft. Zwischen vier und fünf Uhr nachmittags meinten wir beide uns langsam an die Mexico-Guatemala-Grenze annähern zu müssen, aber wir wurden enttäuscht.

Es tauchten große gelbe Lichter vor uns auf, und als wir sie erreicht hatten, mussten wir feststellen, dass die gesamte Straße der Panamericana gesperrt war. Sie hörte hier einfach auf! Über einen großen Pfeiler, der nach rechts zeigte, stand in großer Schrift DESVÍO – Umleitung. Es hatte keinen Sinn, lange Überlegungen anzustellen. Es gab eine weiterführende Straße und wir hatten keine andere Wahl, als ihr zu folgen. Es war keine sehr breite Straße und sie war nicht asphaltiert. Außerdem ging sie steil abwärts. Rechts hohe Felsenwände, links ein Abgrund ohne sichtbares Ende.

Die Straße war auf der Seite des Abgrundes nicht abgesichert. Wir fuhren los, ließen den Wagen langsam abwärtsfahren. Eine viertel Stunde lang gab es keinen Verkehr und abgesehen von der Unsicherheit über die Beschaffenheit unseres neuen Zieles lief alles gut. Dann aber tauchte ein großer Bus auf. Zwanzig bis fünfundzwanzig Meter voneinander entfernt hielten wir beide an, weil uns klar war, dass wir nicht leicht aneinander vorbeikommen konnten. Dann sah ich den Bus ein kleines Stück zurücksetzen und er wechselte seine Spur. Er verließ die Straßenmitte und nistete sich links, so dicht wie möglich, an der Felswand ein. Von seinem Fahrersitz aus konnte er so zentimetergenau an die Felsenwand heranfahren, während es mir nun gelingen sollte, so dicht wie möglich an ihm vorbeizukommen, ohne dabei die Fahrzeuge zu beschädigen. Mein Vater konnte, weil rechts sitzend, da gut helfen. Ich passte nun höllisch auf, unseren Buick auf der linken Seite so weit wie möglich vom Abgrund entfernt zu halten.

Die Natur hat mich zum Glück mit der Gabe beschert, die schrecklichsten Vorstellungen in notwendigen Augenblicken auszublenden. Der Gedanke, für ewig in die Tiefe abzurutschen – zusammen mit meinem Vater -, kam mir nicht in den Sinn. Stattdessen tat ich das Notwendige. Mein Vater konnte mir sagen, wie dicht ich am Bus war, und ich konnte mich auf meine linken Reifen und den Abgrund konzentrieren. Millimeterweise krochen wir an dem Bus vorbei … bis es geschafft war.

Als der Busfahrer und ich wieder auf der Straßenmitte standen, stiegen wir kurz aus und grüßten uns freundlich aus der Ferne. Dann fuhr er weiter Richtung Panamericana und ich folgte meiner Umleitung hinunter.

Kurz vor Eintritt der Dunkelheit erreichten wir auf einer tiefen Ebene liegend etwas Dorfähnliches. Aber es war kein Dorf, sondern was man hinter zwei Paar Schienen sah, war eine relativ große Fläche mit herumstehenden Autos, Indianerhütten, primitivste Holzhäuser. Keine Straßen, keine Beleuchtung, eigentlich keine sichtbare Ordnung. Doch! Ein kleines Häuschen mit hervorstehendem Dach. Ich dachte mir: Die Zugstation.

Tatsächlich war es ein Camp. Ein entstandenes Provisorium für die weiter oben gesperrte „Panamericana". Nach Erkundungen fanden wir in der Nähe der Eisenbahnschienen ein normal gebautes Haus, in dem wir übernachten konnten. Dieses gehörte einem arabischen Herrn, bot saubere Betten, eine Toilette mit Dusche und die Möglichkeit, etwas zu essen. Wir waren zufrieden und beschlossen, dort zu übernachten. Dann liefen wir zurück Richtung Schienen und fanden einen Mann mit Käppchen, der sich als Bahnhofvorsteher zu erkennen gab.

„Wir wollen nach Tapachula“, sagte ich zu ihm.

„Si Señor“.

„Können wir mit dem Auto dorthin fahren?“

„Von hier aus nur mit der Bahn – es gibt keine Straße.“

„Also muss der Wagen auf die Bahn?“

„Ja.“

„Wann kommt die nächste?“

„Morgen früh. Aber die können Sie nicht nehmen.“

„Weshalb?“

„Weil das der Zug von vorgestern ist. Wir haben Verspätung.“

„Wie meinen Sie das?“

„Also:

Der Zug von vorgestern kommt morgen.

Der Zug von gestern kommt übermorgen.

Und der Zug von morgen kommt in drei Tagen – den können Sie nehmen.“

Mein Vater und ich schauten uns etwas länger an. Dann sagte ich zu dem Bahnhofvorsteher:

„Tenemos que salir mañana“ – wir müssen morgen weiter.

„No se va poder“ – geht nicht.

Mein Vater zückte sein Portemonnaie. Ich nahm es ihm ab und zog drei Scheine heraus. Zwei Zehn-Dollarscheine und einen Fünfer. Ich gab dem Mann mit dem Käppchen einen der Zehner und sagte zu ihm:

„El resto mañana" – der Rest morgen.

„Esta bién" – einverstanden. „Morgen früh um acht."

Inzwischen war es dunkel geworden. Aber auch ohne Sonne schwitzte man unentwegt. Sehr, sehr, hohe Luftfeuchtigkeit. Wahrscheinlich lag dieses Loch fast auf Meereshöhe. Wir liefen zu unserer Unterkunft zurück und nachdem wir bei dem arabischen Herrn gegessen hatten, schliefen wir bald tief ein. Ein harter Tag lag hinter uns.

Am nächsten Morgen um acht Uhr standen wir mit dem Auto an den Schienen, aber es tat sich nichts, also fuhren wir die kurze Strecke (ohne Straße) zu unserer nächtlichen Bleibe zurück und ich duschte. Solange und so kalt, wie ich noch nie geduscht hatte. Aber es half nichts. Sofort nach Beendigung des Vorgangs war ich wieder nassgeschwitzt. Also hörte ich mit dem Duschen auf und um neun Uhr herum fuhren wir wieder zum Bahnsteig. Wir trafen den Mann mit dem Käppchen.

„Er kommt um zehn."

Als der Zug endlich eintraf, bemerkten wir hinter dem letzten Waggon eine offene Metallplattform. Gut für den Transport des Buicks. Wir stellten uns sofort daneben und hofften, keine Konkurrenz zu bekommen. Es gab keine. Wir blieben allein!

Nach einer Weile tauchten vier Männer auf. Sie besprachen sich kurz und dann holten sie mehrere durchgesägte Baumstämme, die an die Plattform angelehnt wurden. Damit sie eine Einheit hergaben, wurden sie mit dicken „Lazos" (Hanfseile) zusammengebunden. Damit war allem Anschein nach die Vorbereitungsarbeit abgeschlossen und nun sollte ich unser Auto über die Stämme auf die Plattform hinauffahren. Ob das funktionieren könnte, fragte ich die vier.

„Si Señor, si Señor."

Also ja. Ich nahm meinen Mut zusammen.

Zuerst wurde der Wagen ausgepackt, dann stieg auch mein Vater aus. So wenig Gewicht wie möglich!! Ich platzierte den Buick vor den Baumstämmen und gab im ersten Gang langsam Gas. Es ging aufwärts, zuerst die Vorderräder, dann, als ich schon fast oben war, die hinteren. – Tatsächlich hielten die Baumstämme das schwere Auto, ohne zu brechen oder auseinanderzudriften. Als ich oben auf der Plattform stand, klatschten die vier Männer, und ich auch. Aber ich dachte mir: Mehr Glück als Verstand.

Dann wurde der ausgepackte Inhalt des Wagens wieder eingepackt und zum Schluss stieg auch mein Vater auf die Plattform und ins Auto. Wir blieben im Inneren des Wagens. Auszusteigen und in einem Zugwaggon zu sitzen, wäre nur eine Einladung für Diebe gewesen, sich an die „Schätze" meiner Mutter heranzumachen. Wir blieben sitzen - mit weit geöffnetem Fenster wegen der feuchten Hitze - und wir blieben vier Stunden lang sitzen! Erst dann fuhr der Zug, zwischen drei und vier Uhr nachmittags.

Natürlich zog sich die Zeit in die Länge, aber wir hatten keine Wahl. – Doch es gab auch ein wenig Abwechslung in unserer Umgebung. Man merkte eine gewisse Betriebsamkeit. Nach und nach kamen Indianerinnen mit großen Körben auf dem Kopf, setzten sich auf den Boden neben den Schienen, nahmen ihre Kopflast ab und wir konnten den Inhalt der Körbe besichtigen. Alle erdenklichen Früchte: Bananen, Apfelsinen, Mangos, Zitronen, Aguacates (Avocados) und, und, und. Außerdem erinnere ich Brathühnchen und natürlich Tortillas und schwarze Bohnen. – Proviant, für die Zuggäste! Wahrscheinlich die größte Gelegenheit des Tages für die Verkäuferinnen, um etwas Geld zu verdienen. Wir zwei aber, mein Vater und ich, blieben aus hygienischen Gründen bei unserem mitgebrachten Obst. Noch waren wir ja gesund und so sollte es auch weiterhin bleiben. Auch die Thermoskanne mit Kaffee war dabei. Wir kamen über die Runden. Irgendwann kam natürlich der Mann mit dem Käppchen und holte sich sein Restgeld.

Endlich fuhr der Zug los. Aber er hielt jede paar Meter ruckartig wieder an. Warum? Es musste wohl noch irgendetwas verkauft werden! Für uns waren diese ruckartigen Bewegungen nicht beruhigend. Der Buick hätte ja anfangen können, sich in irgendeine Richtung zu bewegen, aber die Bremsen hielten - auch der erste Gang. Außerdem hatten die Holzstamm-Männer Holzklötze zur Stabilisierung der Reifen gelegt.

Der Buick überstand die anfänglichen Ruckungen unserer Eisenbahn und dann hörten diese auf und wir fuhren sehr langsam, aber ruhig in Richtung Tapachula: Grenze. Es wurden drei bis vier Stunden, um knapp 15 Kilometer zu schaffen. Als wir ankamen, gab es sogar einen Eisenteil, welcher es ermöglichte, den Wagen von der Plattform sanft auf den Erdboden herunterzufahren, und so hatten wir eine weitere Etappe des mexikanischen Abenteuers geschafft.

In Sicht der Endstation gab es ein großes, stark frequentiertes Restaurant und nachdem wir dort zu Abend gegessen hatten, wurde uns eine Bleibe für die Nacht angeboten. Man führte uns zu einem gegenüberliegenden motelähnlichen Gebilde, in dem Zimmer durch Wände getrennt nebeneinander standen. Als wir das unsere betraten, stellte sich heraus, dass es kein Licht gab (es war inzwischen dunkel geworden). Ich bat meinen Vater, mit der Taschenlampe alles genau auszuleuchten, da man mich vor Skorpionen gewarnt hatte. Besonders gern hielten sich diese Tierchen angeblich unter Bettdecken auf. Das Gift ihrer Stachel galt als lebensgefährlich. Doch die Taschenlampe entdeckte nichts Ungewöhnliches und sehr bald fanden wir unseren hart verdienten Schlaf.

Beim Frühstücken am nächsten Morgen, erfuhren wir, dass wir nur die von uns aus sichtbare Straße ein paar Kilometer fahren mussten, um die Grenze zu Guatemala zu erreichen und so fuhren wir bald los.

Auf der Straße viele, viele, gelbe Tankstellen. Aber es gab keine einzige mit nordamerikanischem Benzin. Hier wurde nur PEMEX verkauft – Petrolio Mexicano. Von PEMEX wusste ich nur Schlechtes: (potenzarm). Aber als wir den Schlagbaum zur Guatemala Grenze sahen, entschlossen wir uns doch etwas zurückzufahren und PEMEX zu tanken. Auf der Guatemala Seite hatte man uns gesagt (und, wie sich später ergab, belogen), gebe es kein Benzin.

Der Grenzübergang ging auf mexikanischer Seite reibungslos. Die Grenzposten schienen sich nicht zu interessieren, wer oder was das Land verließ, doch auf der Guatemala Seite wurde man, gut organisiert, zu einem großen Haus weiter gewunken. Angekommen, mussten wir die Koffer hineintragen. Der Buick wurde während unserer Abwesenheit inspiziert.

Innerhalb dieser Grenzeinrichtung wurden unsere Papiere untersucht. Die Koffer auch. Alles war sehr höflich und korrekt. Die meist jungen, männlichen Staatsbeamte waren mit sauberen weißen Hemden, und gebügelten Hosen bekleidet. Der Unterschied zwischen Mexiko und Guatemala! Ciudad Juares. Es war ein Gefühl, als sei man auf einem anderen Stern gelandet.

Der Aufenthalt beim Zoll war nicht von langer Dauer und sehr bald saßen wir wieder im Auto und fuhren gut gelaunt an. Auf der rechten Straßenseite sahen wir zwar einige Benzintankstellen mit US-Benzin, aber mein Vater weigerte sich, noch einmal Geld fürs Tanken auszugeben.

Auf nach Guatemala-City! Wir hatten ein gutes Gefühl. Sehr bald bemerkten wir, dass es aufwärts ging. Steil aufwärts! Auf der mexikanischen Seite waren wir ja einen steilen bergabwärts gefahren. Jetzt mussten wir wohl einen steilen Berg wieder hinauf. Der Wagen bewegte sich mit Mühe, wir wurden immer langsamer, und dann schrie mein Vater: „Gib Gas – gib Gas!!!" Aber das Gaspedal war schon längst am Anschlag angekommen.

Wie haben es doch Gläubige gut, dachte ich. Die könnten jetzt wenigstens beten. Kurz danach fing ich damit selber an und hörte nicht mehr auf.

Wir krochen nur noch, sehr, sehr langsam. Würde es nie aufhören? Und, wenn der Wagen stehenbliebe? Dann plötzlich gewannen wir wieder an Fahrt, immer etwas mehr. Die Straße flachte ab und endlich waren wir auf einer Ebene angekommen.

Links von uns gab es einige Häuser, etwas weiter einen kleinen baumlosen Park mit einem wasserlosen Springbrunnen und vier um ihn herum platzierte Steinbänke. Auf einem dieser Bänke lag ein kleiner runder Mann mit einem Panama-Strohhut. Als er uns anfahren hörte, sprang er auf und kam eilig mit kleinen Schritten angelaufen.

„Haben Sie Schwierigkeiten mit dem Auto gehabt?"

„Ja. Wir haben den Berg fast nicht geschafft."

„Ja, ja, ich weiß. Es ist das PEMEX-Benzin. Ihr Auto ist in Ordnung. Kommen Sie! Sie bekommen amerikanisches Benzin."

Wir fuhren ihm langsam hinterher. Vor einem kleinen Haus stand eine Benzinsäule. Wir hielten dort an und der kleine Mann kroch unter den Wagen, öffnete irgendein Ventil … und ließ das Benzin herauslaufen. Nachdem der Vorgang beendet war, versorgte er unseren Buick mit neuer Flüssigkeit von seiner Benzinsäule.

„Sie werden keine Schwierigkeiten mehr haben. Gutes US-Benzin."

Wir dankten, bezahlten, und fuhren an. Der Mann behielt Recht. Das Auto lief wieder normal. PEMEX würde ich aber nie mehr vergessen! Nie wieder!!!

Wir fuhren den ganzen Tag. Nachts erreichten wir die Wohnung meiner Eltern in Guatemala-Stadt.

Glücklicher Ausgang eines unvergessenen Abenteuers (aber zur Nachahmung nicht empfohlen).

David Vela

EL IMPARCIAL

Nach einer zweiten Handoperation (Sehnener-
krankung am vierten Finger der rechten Hand) waren meine Pläne, pianistisch öffentlich aufzutreten,
zumindest fürs Erste vereitelt. Wir kamen mit meinem Vater überein, dass, bis sich die Wirkung der
Operation vollständig einstellen könnte, es sinnvoll
wäre, eine Arbeit zu finden, um meinen Lebensunterhalt zu sichern.

Da ich schon während des Studiums gute Ergebnisse beim Instrumentalunterricht erzielt hatte,
schien eine Betätigung auf diesem Feld erfolgver-
sprechend, und Guatemala sollte als Betätigungsort
günstig sein, weil man mich hier kannte und meine
ausländischen Aufenthalte und Studien für Interes-
senten einen guten Unterricht in Aussicht stellen
würden. So kam es, dass ich in kurzer Zeit um die 30
Schüler (meistens Kinder) in Guatemala um mich
sammeln konnte und täglich die Nachmittage damit
verbrachte, meine junge Kundschaft zu betreuen.

Ich war also viel beschäftigt, als mir eines Tages
Maria Cristina (Chiqui) Orive über den Weg lief. Wir
waren viele Jahre Klassenkameraden in der Lehns-
en-Schule in Guatemala Stadt gewesen und hatten
im letzten Jahr unserer Schulzeit etwas mehr als
sonst miteinander zu tun, weil wir uns beide intensiv um die Erscheinung eines Jahrbuches für unsere
Klasse kümmerten. Es sollte über die Klassenaktivi-
täten berichtet werden, über wichtige Ereignisse,
über unsere Lehrer. – Es mussten Fotografien gesam-
melt werden, eine Ordnung für die Gesamtpublika-

tion festgelegt, Farben für das äußere Erscheinungsbild, und und und.

Vor allem aber musste Geld aufgetrieben werden, um unser Vorhaben zu realisieren. Materialien und ein anständiger Druck würden kosten. So fingen wir also an. Chiqui und ich haben diese Gelder zusammenbekommen. – Wir beide gingen viele Wege, sprachen mit den Chefs aller möglichen Unternehmen, staatliche und private. Allen boten wir attraktive Inserate an und so waren unsere Bemühungen erfolgreich. Pünktlich zum Ende des Schuljahres erschien das Jahrbuch unserer Schulklasse und es wurde allgemein gewürdigt.

Jetzt, zehn Jahre später, erzählte Chiqui mir, sie würde in Kürze Guatemala verlassen und lud mich zur Feier ihres Abschieds ein. Am verabredeten Abend stand ich vor dem Haus ihrer Eltern und irgendwann im Verlauf der Stunden kamen wir im Gespräch auf die Kulturseite des Imparcials (die erste Zeitung Guatemalas), welche Chiqui in den Samstagsausgaben eingerichtet hatte. Diese Veröffentlichungen waren ein sehr guter Beitrag für's Land und sie war unglücklich darüber, dass ihr Projekt durch ihren Abschied enden musste. Ich widersprach ihr, meinte, es könne weitergehen und bot an, die Kulturseite in ihrem Sinne zu übernehmen.

Ein paar Tage nach unserer Unterhaltung rief ich David Vela, den Chefredakteur des Imparcials an und bat um eine Unterredung bezüglich der „Pagina de Arte" (Feuilleton). David Vela lud mich ein vorbeizukommen und das tat ich einige Tage später.

Der „Imparcial" residierte in einem unauffälligen, älteren dreistöckigen grünen Haus. Das Äußere dieser damaligen ersten Zeitung des Landes war alles andere als imposant und im Inneren ging es mit der gleichen Bescheidenheit weiter. Ein kleiner, am Eingang platzierter Empfangsraum war unbesetzt und es gab eine kurze, aufwärts führende Treppe, die nach Öffnung einer einfachen Tür Eingang zur Redaktion zuließ. Ein paar Schritte weiter und ich stand vor der Tür des Chefredakteurs: David Vela.

Als ich sie öffnete, sah ich ein relativ kleines, quadratisches Zimmer mit hellen schmuck- und bildlosen Wänden. In der Mitte, ein großer Holztisch und dahinter, mir die Hand ausstreckend, ein kleiner Mann (ich schätze, keine 165 cm groß) mit rotblondem welligem Haar, ein helles rotwangiges Gesicht mit ausgeprägter Hakennase, große wulstige Lippen, starkes Kinn, und zwei lebendige und ein wenig verschmitzte Augen.

Als ich David Vela gegenübersaß fragte er mich über meinen Lebenslauf aus und sagte: „Sie wollen das Feuilleton weiterführen?"

Ich bejahte.

Vela erwiderte: „Aber wir haben dafür kein Geld."

Ich: „Geld ist nicht entscheidend."

Vela: „Außerdem brauchen wir Sie nicht. Was auf dieser Seite entsteht, könnte auch ich leisten."

Ich: „Auch die Sparte Musik?"

Vela: „Ja. Die auch."

Daraufhin stand ich auf und wollte mich verabschieden, da fragte mich Don David, ob ich denn mit 25 Dollar pro Seite zufrieden wäre.

Ich habe das Angebot angenommen. 25 Dollar war wirklich sehr wenig Geld, aber die Aufgabe reizte mich, und der Klavierunterricht deckte meine monatlichen Ausgaben, sodass ich mir den Ausflug in diese neue Erfahrungswelt leisten konnte. Mit David Vela gingen wir dann einen kurzen Gang entlang und kamen in einen großen Raum. – Vor mir an der Wand, hinter ausladenden Schreibtischen sitzend, vier Zeitungsredakteure. Auf der linken Seite ein weiterer Redaktionsraum und rechts von mir ging eine steile Treppe hinunter. Wie sich herausstellen sollte in die Zeitungsmaschinen- und Fertigungsräume.

„COMPAÑEROS!", rief David Vela. „Ich stelle euch Herrn Juan Levy vor. Unser neuer Kulturredakteur." Wir gingen einige Schritte und ich begrüßte die vier Redakteure. Dann entfernte sich Don David und ich plauderte noch ein wenig hauptsächlich mit Don Leon, dem Chef der Tagesausgaben – und ab jetzt auch mein Vorgesetzter am Imparcial.

Don Leon sah aus wie ein großes Ei, ein kahler, relativ kleiner runder Kopf, die Mitte seines Körpers wuchs beträchtlich bis zur Nabelhöhe an und nahm dann auf dem Weg zu den Füßen wieder ab. Anfänglich erlebte ich ihn fast nur brummelig, aber nachdem er bemerkt hatte, dass ich meine Beiträge pünktlich abgab, war die Kommunikation schon entspannter. Sehr gut wurde sie aber erst, als er erfuhr, dass ich mit einer gewissen Aida C. befreundet war. Doña AIDA war bekannt, weil sie Kultusministerin und eine besonders schöne Frau gewesen war. Von hier an war das Eis gebrochen und ich konnte sicher sein, von Don Leon immer freundlich empfangen zu werden.

Üblicherweise waren seine ersten Worte: „I como está Doña Aida?" (Und wie geht es Doña Aida?). Hinter dem brummeligen, missgelaunten Don Leon verbarg sich ein gefühlvoller, frauenverliebter Mann, der in seinem Herzen eine große Sehnsucht nach Glück barg.

Außer seiner Frauenliebe hatte Don Leon eine zweite große Leidenschaft: Den schottischen Whisky. Er pries ihn zu jeder möglichen Gelegenheit und versicherte mir, dieser wäre so vitaminreich, dass man durch seinen Genuss auf jegliche weitere Nahrung verzichten könne. Da er während meiner Zeit am Imparcial einige Male über Wochen durch Abwesenheit glänzte, vermutete ich, dass er mit seinem Whisky zugange war und sich somit kein Raum mehr für redaktionelle Arbeit ergeben konnte.

Sehr bald standen mir auch zwei Fotografen zur Verfügung, die es mir ermöglichten, Fotos und Portraits von Künstlern zu veröffentlichen, und so wurde mein Feuilleton visuell bereichert und natürlich auch attraktiver. Die Arbeit am Imparcial machte mir großen Spaß. Meine Freundin Aida korrigierte meine fehlerhafte Orthografie und besorgte auch die Umsetzung der Texte auf einer Schreibmaschine, sodass ich zur Abgabe meiner Arbeit pünktlich sein konnte.

Während der Woche besuchte ich die Konzerte des Guatemala Sinfonie-Orchesters, welche immer wieder interessante ausländische Dirigenten und Solisten anlocken konnten, und ich schrieb Musikkritiken und allerlei Beiträge über musikalische Themen. Natürlich publizierte die PAGINA DE ARTE Berichte über Malerei, Skulptur, Theater, Ballett und so weiter, aber da ich mich selbst nicht als kompetent sah, delegierte ich alle wichtigen Ereignisse dieser Kunstrichtungen an mir bekannte Künstler, die gern zur Information ihrer Arbeitsfelder beitrugen. Literarisches wurde von einem Herrn übernommen, der ein ganzes Büro für sich allein in Anspruch nahm und mir in meiner gesamten Zeit am Imparcial nicht vorgestellt wurde.

Und wie kam meine „Pagina de Arte" bei den Lesern an? Ich weiß es nicht! Es gab kein mir bekanntes Echo auf meine schriftlichen Bemühungen (vielleicht, weil ich kein Telefon in der Redaktion hatte?). Darüber habe ich mich zuerst gewundert und dann auch geärgert, aber mit den Jahren merkt man am eigenen Phlegma, dass es Überwindung und wirkliches Engagement bedarf, bis man sich entschließt, einen Zeitungsredakteur zu kontaktieren.

Gerade wegen dieses Phänomens der gefühlten Gleichgültigkeit war es ein angenehmes Ereignis, eines Tages einen Menschen kennenzulernen, der die bei mir beginnenden Unsicherheitsempfindungen bezüglich meiner Schreiberei zerstreuen konnte. Ich war auf dem Weg von der Hauptpost die steile Straße hinauf zur damaligen Hauptstraße der Stadt, als ich ein mir bis dahin unbekanntes deutschstämmiges Café entdeckte, und zugleich von einem guten Freund hineingerufen wurde. Nachdem ich diesen begrüßt hatte, stellte er mir den guatemaltekischen Komponisten Ricardo Castillo vor und bald saß ich in einer Runde Guatemala-Intellektueller und erfreute mich meiner Schokoladentörtchen und eines guten Kaffees.

Ich kannte den Komponisten Castillo nicht. Etwas mehr wusste ich über seine Frau, eine Französin, Georgette Contoux, die am Pariser Konservatorium studiert hatte und in Guatemala einen sehr guten Ruf als Klavierpädagogin genoss. Don Ricardo war ein mittelgroßer, sehr hagerer Mann mit einem schmalen Kopf, etwas eingefallenen Wangen, grauen Haaren, auf denen wohl immer eine blaue Baskenmütze saß. Es war ein EL GRECO-Gesicht, sehr ernst. – Der Körper entsprach dem Gesicht. Sehr schmal – sehr lang. Ein gebeugter Körper zwischen 50 und 60 Jahre alt. Soweit ich informiert bin, hatte er in Frankreich Musikkomposition studiert, dort geheiratet und lebte schon eine ganze Weile wieder in Guatemala mit Frau und Kindern.

Natürlich war Ricardo Castillo das Zentrum der Gesprächsrunde und irgendwann im Verlauf der Zeit wandte er sich an mich und fragte, wie mir die Arbeit am Imparcial gefiele. – Ich erzählte ein wenig und dann kam zu meiner Überraschung ein großes Lob von Don Ricardo.

„Ich bin sehr glücklich, dass Sie, Herr Levy, das Feuilleton des Imparcial jetzt schreiben. Endlich mal ein Musiker am Abzug. Sonst bekommt man in diesem Land, was Musik angeht, immer nur Unsinn aufgetischt."

Nach der üblichen Indifferenz in Bezug auf meine schriftlichen Bemühungen war dieses Lob ein kostbares Geschenk. Es wirkte wie eine Vitaminspritze für mein künftiges Wirken an der Zeitung.

Kurz nach meiner Begegnung mit Don Ricardo kam eine unerwartete Begebenheit, welche Guatemala in seiner gewohnten Kulturlethargie erschüttern sollte. Im Imparcial wurde mir mitgeteilt, dass der weltberühmte Pianist Arthur Rubinstein im Verlauf seiner Südamerika-Tournee in Guatemala konzertieren würde. Die ganze Stadt, oh Wunder! war aufgeregt. „Der große Rubinstein im kleinen Guatemala". Rubinstein war Tagesthema und wer sollte nun seine Schritte begleiten? Natürlich der kleine unbedeutende Juanito Levy.

Trotzdem darf nicht unerwähnt bleiben, dass Guatemala im Verlauf der Jahre manch musikalische Berühmtheiten erlebt hatte. Verbindungsglied zwischen Nord- und Südamerika, bot Guatemala sich als natürlicher Aufführungsort für Musiker, die den gesamten amerikanischen Kontinent bereisen wollten, an.

Von den großen Musiknamen des 20. Jahrhunderts erlebte ich als ersten Leopold Stokowski, der in den frühen 40ern half, das Guatemala-Orchester als Institution aus der Taufe zu heben. Ich war keine zwölf Jahre alt, als ich ins größte Kino Guatemalas mit durfte, um den berühmten (und von mir auch heute noch sehr geschätzten) Dirigenten zu erleben. Ich saß zwar nur auf einem der hinteren Plätze im oberen Teil des Gebäudes (weil es billiger war), aber ich weiß noch, wie sehr mir der Abend gefallen hat. Und ich erinnere, dass Stokowski die Bässe des Orchesters links hinter den ersten und zweiten Geigen platziert hatte, was ja nicht nur fürs kleine Guatemala ungewöhnlich war und ist.

Ich kenne die Gründe für diese Maßnahme nicht. Wahrscheinlich aber waren es akustische. Stokowski suchte immer optimale Klangverhältnisse.

Wen habe ich noch erlebt? Yehudi Menuhin. Er spielte drei Violinkonzerte an einem Abend: Bach E-Dur – Beethoven – und Brahms. Der Pianist Rudolf Firkusny spielte mit dem Orchester Beethovens № 5 und blieb (oh Horror) in den Läufen der Schlusskadenz hängen!!

Badura Skoda war in Guatemala und wollte wissen, was ich dort zu suchen hätte (unsere Wege hatten sich in der Schweiz einmal gekreuzt). Eigentlich hätte ich ihn dieselbe Frage stellen können, weil seine Darbietungen in Guatemala so beglückend nicht waren.

Claudio Arrau war öfter in Guatemala, aber ich hörte ihn dort nicht. Und ich weiß, dass der Dirigent Clemens Kraus das Orchester dirigiert hat, die jüdische Gemeinde in Guatemala aber den bekannten Nazi-Sympathisanten boykottierte. Also auch ich. Das Konzert habe ich nicht gehört und bei seinem anschließenden Auftritt in Mexico ereilte ihn der Tod. Möglicherweise wegen der extremen Höhe der Stadt (ungefähr 2000 Meter!!).

Aber zurück zu Arthur Rubinstein. Er war eben nicht der erste berühmte Musiker, der guatemaltekischen Boden betrat. Aber ich bin sicher, er fühlte sich mindestens wie einer der Wichtigsten. Diesen Eindruck erweckte er auf jeden Fall, als er die schmale hohe Treppe seines kleinen eleganten Hotels herunterstolzierte. In der Mitte dieser wurde er von den Lichtblitzen der Fotografen hell beleuchtet und er strahlte alle Anwesenden mit der guten Laune eines Grand Seigneurs an.

Im eleganten Foyer des Hotels setzte er sich dann zu den auf ihn wartenden Pressevertretern und nach einer Weile saß ich neben ihm und erwähnte die SO-NATA APASSIONATA von Beethoven, welche auf seinem Klavierprogramm des nächsten Tages aufgelistet war. Ich fragte ihn nach seiner Konzeption des Werkes. Und daraufhin wurde sein Gesicht zu meiner Verblüffung puterrot vor Wut. Dann spuckte er die für mich unvergessenen Worte aus: „Music is not for talking, but for playing". Soll heißen: „Über Musik redet man nicht – man spielt sie".

Ich war etwas erschrocken über so viel Heftigkeit und natürlich auch enttäuscht, weil ich doch auf erhellende Worte gehofft hatte. Aber ich glaube, ich habe es mir nicht anmerken lassen, und fand, dass mit dieser Äußerung des Meisters das Gespräch mit mir zu einem Ende gekommen war. Ein wenig später entfernte ich mich unauffällig und nahm mir selbst das Versprechen ab, das kommende Konzert ohne Vorurteile zu besuchen.

Als ich dann Rubinsteins „Guatemala Apassionata" hörte, war ich sehr enttäuscht. Nicht, dass mir seine Interpretation nicht gefallen hätte, nein, es gab gar keine Interpretation! Der Maestro hat es (aus mir nicht bekannten Gründen) vorgezogen, nur den Notentext vorzutragen. Die Töne waren überhaupt nicht belebt.

Dagegen kam am Ende des Abends ein kleines Stück von Manuel De Falla, in dem Trillerketten von abwechselnden Händen übernommen werden, und hier waren diese sehr belebt! Jedes Mal, wenn eine Hand getrillert hatte, wurde sie hochgeworfen, und Rubinstein trillerte dann damit weiter in der Luft, um wiederum dasselbe Procedere mit der anderen Hand anzuschließen. – Großer Zirkus! Nein! Ich will das Zirkusgewerbe, das ich liebe, mit einem solchen Vergleich nicht bemühen. Also sagen wir lieber: Großes Brimborium.

Aber das Guatemala-Publikum war von Rubinsteins optischen Manövern begeistert! Er wurde viel und lang beklatscht.

Was soll nun ein armer Kritiker bei einem solchen Gegenwind machen? Also kurz gesagt: Ich habe mich warm angezogen und habe über meine Wahrnehmungen bezüglich „Apassionata" wahrheitsgemäß berichtet, mich aber bemüht, dem beglücktem Publikum nicht auf die Füße zu treten.

Meine Mutter war über die Veröffentlichung meiner Wahrheitsliebe sehr erschrocken. „Du wirst sehen. Sie werden Dich aus der Zeitung rauswerfen." Darauf versuchte ich sie zu beruhigen, indem ich dagegenhielt, der IMPARCIAL würde sich um etwas von ihm verursachte Unruhe in Sachen Kunst vielleicht sogar freuen: Mehr Leser bekommen.

„Was werden die Leute sagen", meinte meine von mir sehr geschätzte Tante Ilse. „Sie werden sagen: Und wer ist schon der kleine Juan Levy, um über den großen Rubinstein zu urteilen?"

Nun, auch dieses Mal bekam ich keine Anrufe, keine Briefe. Wenn es Tadel gab, ich erfuhr nichts davon. Rubinstein, glaube ich, ist aber danach nicht wieder in Guatemala aufgetreten. Gründe? – Unbekannt. Gewiss aber nicht wegen eines kleinen unbekannten Kritikers!

Das Leben in Guatemala lief also auch nach dem Besuch des berühmten Pianisten ruhig und unverändert weiter. Bei mir selbst aber sah es anders aus. Aus heiterem Himmel und völlig unerklärlich, bekam ich Herzschmerzen und Angstzustände ohne äußeren Anlass. Aber die Ärzte meinten, es sei nichts Physisches und verordneten Ruhe und sehr starke Beruhigungsmittel. Die Therapie half mir, wieder mein Gleichgewicht zu finden.

Eine logische Erklärung für das neu eingetretene Phänomen hatte ich nicht zur Hand. Aber ich ahnte, dass es mit meinem erzwungenen Guatemala-Entschluss zu tun hatte. Die Arbeit mit den vielen Kindern fiel mir schwer. Ein wenig fühlte ich mich wie ein zielloses Tierchen, das seinen Platz im Leben nicht gefunden hatte. Psychologische Betreuung wäre damals hilfreich gewesen, aber so etwas gab es in Guatemala zu jener Zeit nicht (übrigens war auch in Deutschland, dank Nationalsozialismus, Sigmund Freud noch nicht richtig angekommen).

Nach eingehender Überlegung entschloss ich mich, noch einmal mein Glück anderswo in der Welt zu suchen, einen Neuanfang zu wagen. Ich übergab meine Schüler einem guten Freund, den ich als Klavierlehrer schätzte, und musste mich nun auch von der Zeitung verabschieden.

David Vela empfing mich freundlich und ich erzählte ihm, was sich bei mir ereignet hatte, und dass ich die Mitarbeit am IMPARCIAL leider einstellen müsse. Er hörte geduldig zu und sagte dann, er müsse mir, bevor ich gehen würde, noch ein paar Sachen erzählen: „1. Weißt du, vor einiger Zeit bekam ich hier Besuch von einer mehrköpfigen Delegation des Guatemala-Sinfonieorchesters. Die Herren übergaben mir ein Schreiben, in dem drin stand, du würdest dem Orchester mit deinen anspruchsvollen Kommentaren schaden und sie würden deinen

Rauswurf aus der Zeitung verlangen. Es war ein sehr langes Papier. Unter dem Text gab es sehr viele Unterschriften.

Ich habe mich bei den Herren für ihren Besuch sehr freundlich bedankt und nachdem sie gegangen waren, habe ich aus dem Schreiben ein Knäuel gemacht und ihn in den Papierkorb geworfen." Dabei lachte David Vela ausgiebig. – Ich selbst war nicht so amüsiert, aber natürlich dankbar für seine Haltung mir gegenüber.

„ja", sagte er, „und dann wollte ich dir noch etwas anderes sagen: „Ahora que vás a Europa pasa por ESPAÑA y aprende español" (jetzt, wo du nach Europa gehst, besuche doch auch Spanien und lerne die spanische Sprache).

Uff! Das saß tief, aber auch jetzt lachte er ausgiebig, gab mir die Hand und verabschiedete sich von mir gutgelaunt.

Ich überlegte und sagte mir: Der Mann ist Poet und Schriftsteller. Mein Spanisch kann ihm nicht genügt haben. Aber immerhin hat er es zwei Jahre ohne Kommentar ausgehalten. Es kann nicht gar so schlimm gewesen sein. Außerdem: Vela war ein Kauz. Er hatte seine Freude an verbalen Anrempelungen. Launische Wortschöpfungen gehörten zu seinem Repertoire.

Ein bisschen verunsichert, aber doch guter Dinge, verließ ich den IMPARCIAL und würde viele Jahre später für meinen Gleichmut belohnt.

Eines Tages - ich war schon lange in Deutschland etabliert - leitete ich eine Klavierklasse an der Mainzer Universität, da erhielt ich die Bitte aus Guatemala, dort ein Orchesterkonzert zu Ehren von David

Vela (zum Abschied aus seinem aktiven Leben) zu leiten. Er hatte sich dieses Dirigat ausdrücklich von mir gewünscht. Natürlich nahm ich die Einladung mit großer Freude an.

Don David wollte Beethovens 5. hören. Ich nahm dazu noch das Mozart'sche Klarinettenkonzert und von Charles Ives: „The unanswered question." Letzteres war für Guatemala eine Premiere, die im Konzert gut gelang. Und mir wurde erzählt, dass David Vela, voll des Lobes, in seiner Dankesrede gesagt hätte, es wäre mir gelungen, mit diesem Werk das Phänomen der Levitation zu erzeugen (Schwebezustand). Wahrscheinlich, sagte er, hätte das etwas mit meinem Namen Levy = Levitation zu tun. David Vela!! Wortgewandt wie immer.

HERBSTSTURM

Es gibt Zeiten, in denen Ereignisse, die einem am Herzen liegen, sich wie in einem Brennpunkt verdichten. Ich will versuchen zu beschreiben, wie sich dieses Phänomen in den Jahren 1990 bis 1997 bei mir einstellte.

Ich zog um von Mainz nach Wiesbaden. Eine glückliche Fügung bot mir eine attraktive Bleibe zu günstigen Konditionen und ich freute mich über eine neue lebhaftere Umgebung. Zehn Jahre und länger war ich von meiner ersten Frau getrennt, vor allem aber von meinem geliebten Sohn Dino, und ich hatte lernen müssen, mit meiner Trauer und Vereinsamung fertig zu werden.

Natürlich nahm ich meine Lehrtätigkeit als Klavierpädagoge an der Mainzer Universität weiterhin wahr und auch als Orchesterdirigent betätigte ich mich in Guatemala und Mexiko. Diese Aktivitäten mündeten in der Gründung eines eigenen Kammerorchesters in Deutschland, welches mit dem Namen „Pro Arte Ensemble Mainz" sich einen Platz in Mainz und Rheinland-Pfalz sichern konnte. Das Leben lief, wie mir schien, ganz gut, aber etwas sehr ruhig – sehr ereignisarm und etwas melancholisch ab. Es fehlten: mein Sohn Dino, den ich zu wenig sah – es fehlte mir die Zuneigung einer geliebten Partnerin. Es fehlten mir Freunde und natürlich meine Familie, die in Guatemala einfach zu weit weg war.

Die Überwindung dieses stillstand ähnlichen Zustandes wurde banal eingeleitet, als ich eines Tages mein Automobil zur Reparatur bringen musste und mir in der Werkstatt geraten wurde, einen Leihwagen bei einer nahegelegenen, mir bisher unbekannten Autovermietung zu besorgen.

Ich kam mit dem Eigentümer dieses Geschäftes, Herrn Siemon, ins Gespräch und es stellte sich heraus, dass er gute Musik liebte. Dann fragte er unerwartet:

„Sie haben ein eigenes Orchester?"

„Ja."

„Und könnten Sie mit diesem auch Tonträger einspielen?"

„Ja natürlich."

„Was würde denn so was kosten?"

Ich dachte kurz nach und meinte: „Etwa 25.000 DM."

„Oh", sagte Herr Siemon. „So viel kann ich nicht aufbringen."

„Was haben Sie sich denn als Ausgabe vorgestellt?"

„Etwa 5.000 DM" meinte Herr Siemon.

Ich griff zu und sagte meinem Gesprächspartner, dass ich seine Vorstellung als Angebot sehen würde. Sollte es mir gelingen, anderswo Geld aufzutreiben, könnten vielleicht CD-Aufnahmen realisiert werden. Er war einverstanden und ich fuhr bald mit dem Leihwagen meines unerwartet potenziellen Sponsors nach Mainz, wo ich mit dem Raumausstatter meiner neuen Wohnung verabredet war: Helmut Fickelscherer – Firma TABOTEX.

Ich kannte Fickelscherer schon lange. Er hatte auch in meiner Mainzer Wohnung für Teppichböden und Gardinen gesorgt und so kamen wir über das unerwartete Anliegen von Herrn Siemon zu spre-

chen. Zu meiner weiteren Überraschung wollte sich Fickelscherer an dem Unternehmen „CD-Aufnahme" mit weiteren fünftausend Mark beteiligen.
Er meinte, seinen Kunden damit zu Weihnachten ein schönes Geschenk machen zu können.

„Und wissen Sie Herr Levy, ich kenne noch jemanden, den wir mit ins Boot holen könnten - meinen Freund Klaus Busse, der in Mainz auf Bauelemente spezialisiert ist. Ich werde ihn anrufen!"

Herr Fickelscherer rief mich ein paar Tage nach unserem Gespräch an und erzählte mir, dass auch Herr Busse interessiert sei und 5.000 DM zugesagt hätte. Ich war außer mir vor Erstaunen und hüpfte in meiner Wohnung freudig herum. Aber es fehlte ja noch Geld und nach Überlegungen rief ich meinen geschäftlich erfolgreichen Cousin Mario Nathusius in Guatemala an und erzählte ihm vom CD-Projekt. Mario versprach mir umgehend seine Unterstützung und so war mit weiteren kleinen Beiträgen die Finanzierung des unerwarteten Musikauftrags gesichert.

Ich war sehr erstaunt. In kurzer Zeit und sehr überraschend, hatte sich ein großes Tor geöffnet. Ich würde mit meinem eigenen Klangkörper von mir ausgesuchte Musik auf CDs herstellen können! Ich nahm mir etwas Zeit, um keinen Unsinn zu begehen, ließ die ganzen Ereignisse öfter durch meinen Kopf wandern und versuchte alle nur erdenklichen Eventualitäten – auch Negatives – zu berücksichtigen. Sollte ich den unerwarteten Schritt wagen? Es war so viel Geld im Spiel und ich selbst hatte keine ökonomischen Reserven!

Aber auch dieses Mal, wie schon zuvor in meinem Leben, half mir mein Mangel an Vorstellungskraft. Ich habe mir das Schlimmste nicht vorgestellt und – statt zu zaudern – gehandelt. Ich telefonierte mit Christine Kiel, einer mir zugetanen Geigerin, deren Vorfahren aus Sri Lanka kamen, die lange schon mit mir musizierte und immer hilfreich zur Seite stand.

„Christine! Stellen Sie sich vor: Wir können mit dem Orchester eine CD-Einspielung machen. Die Finanzierung ist gesichert."

„Ist ja wunderbar, Herr Levy! Ich besorge Ihnen die besten Musiker aus Köln, Düsseldorf und Bonn. Es müssen ja Leute sein, die zu Ihnen passen."

Es war Oktober des Jahres 1992 und wir vereinbarten Zeiten für Proben und Aufnahmezeit für September des folgenden Jahres. Elf Monate müssten ausreichen, um alle wesentlichen Vorbereitungen zu treffen. (Trotzdem ein hoher Berg für einen Neuling wie mich auf diesem Gebiet.)

Vor allem aber musste ich Werke aussuchen, die mit einem leicht erweiterten Streichorchester ein heterogenes Publikum ansprechen würden. Und ich musste anfangen zu lernen, lernen, lernen! Das Ziel: Auf Knopfdruck meine bestmögliche Leistung abrufen zu können.

Das Pro Arte Ensemble Mainz

(Juan Levy vorn links)

Nach reiflicher Überlegung wählte ich die liebreizende SIMPLE SINFONIE von Benjamin Britten, das dramatisch-ernste ADAGIO FOR STRINGS von Samuel Barber und ein weniger bekanntes Frühwerk von Mozart, die A-Dur-Sinfonie, KV 201.

Ich kam nach anfänglicher Interpretationsarbeit mit allem zurecht, nur mit dem zweiten Satz der Mozart-Sinfonie haperte es. Nachdem ich mir den Satz von Bruno Walter dirigiert angehört hatte, fand ich ihn immer noch langatmig und zopfig. Das kann doch nicht von Mozart, dem freundlichen, aber doch auch pfiffigen und unkonventionellen Typen gewollt sein! dachte ich. Eine Aufnahme mit Karl Böhm und den Berliner Philharmonikern gab noch weniger her und schien mir völlig unbefriedigend. Ich habe mich wochenlang mit dem Satz gequält und wollte auf keinen Fall etwas darstellen, das mich nicht überzeugte. Müsste ich mich von dem Werk trennen?

Und dann kam der Durchbruch: Man durfte den Satz nicht zu langsam denken. Die Satzbezeichnung ANDANTE gab viel Raum für Geschwindigkeitsentscheidungen und in meiner großen Not verließ ich die übliche, sehr moderate Geschwindigkeit Bruno Walters und wagte in meiner Vorstellung schnellere Tempi. Am Ende dieser Reise ins Unbekannte stand ein fröhlich belebter Satz, humorvoll, fast keck, mit wunderbaren Kantilenen und er war alles andere als langweilig oder pomadig. – An Herrn Melzel war ich nicht gebunden (noch war sein Metronom nicht auf der Welt) und ich hatte den Eindruck, die Lösung für einen schwierigen Satz gefunden zu haben.

Glücklich, für mein Musikproblem eine befriedigende Lösung gefunden zu haben, konnte ich mich

mit voller Energie auf die kommende Aufgaben konzentrieren, und um es vorwegzunehmen: Am Ende
stieß die CD bei der Presse und vielen Menschen auf
großen Zuspruch. Folge dieses Ergebnisses: Es wurde möglich, unter ähnlichen Bedingungen drei weitere CDs einzuspielen! Glücklicher Juan Levy!

Eines Tages, während ich vertieft meine Partituren studierte, klingelte es an meiner Haustür in
Wiesbaden und als ich aufmachte, stand mein Sohn
Dino vor mir. Es war ungewöhnlich, ihn zu sehen,
weil wir in der letzten Zeit weniger Kontakt miteinander hatten (sein Freundeskreis war sehr groß) und
weil die Abmachung mit seiner Mutter nur auf Besuche an den Wochenenden beschränkt war. – Und es
war Dienstag oder Mittwoch!

Noch an der Tür stehend sagte er: „Papa, ich will
jetzt bei Dir wohnen."

Die Trennung von meinem Kind, die jetzt länger
als ein Jahrzehnt zurücklag (durch die Scheidung
von meiner ersten Frau bedingt) war für mich anfänglich fast unerträglich, besserte sich doch allmählich, als es durch neue Absprachen möglich wurde,
meinen Sohn öfter bei mir zu haben. Dino aber, das
erinnere ich sehr genau, litt mit seinen vier Jahren
anfänglich sehr, als ihm klar wurde, dass sein Vater
nicht mehr zu Hause war. Jetzt stand er also vor mir,
16-jährig, fast ein junger Mann, und wir gingen zusammen ins Wohnzimmer.

„Du weißt, dass Du hier zu Hause bist. Das Zimmer am Ende des Flures war schon immer Dein Zimmer."

Ich sah, wie er entspannte und nach einer Weile stiegen wir in meinen Wagen, und fuhren zu unserem

Lieblingsitaliener. Dort ließen wir es uns bei Pizza und Cola zuerst einmal richtig gut gehen.

Anfänglich habe ich seine Entscheidung, zu mir zu kommen, nicht hinterfragt. Ich habe mich nur darüber gefreut, dass er endlich bei mir war. Die Gründe schienen nebensächlich. Aber irgendwann stellte sich dann doch die ernste Tatsache heraus, dass es mit der Schule in Mainz nicht gutgegangen war, ja, dass man ihm nahegelegt hatte, seinen Schulbesuch zu beenden. Daraufhin fuhr ich zum Gymnasium und sprach mit seinem Klassenlehrer, der mir sagte, Dino könnte den Ansprüchen des Instituts nicht genügen und bräuchte deshalb nicht weiter zu erscheinen.

Dino

Da der Kontakt zu meiner ersten Frau so gut wie nicht mehr existent war, wusste ich nichts über Dinos Schulprobleme. Und obwohl mich die Nachricht unvorbereitet traf, beunruhigte sie mich wohl nicht so sehr, wie sie viele meiner deutschen Mitbürger vermutlich beunruhigt hätte. Durch meine ausländische Schulerfahrung wusste ich: In Amerika wird niemand aus einer Schule wegen Lernmängeln herausgeworfen. So dachte ich mir meinen Teil und zusammen mit meinem Jungen überlegten wir, wie es weitergehen könnte.

Da Dino immer ein Automobil-Narr gewesen war, beschlossen wir, eine Automechaniker-Lehre anzupeilen. Ich besprach die Sache mit dem Besitzer meiner Autowerkstatt, der sich bereiterklärte, Dino als Lehrling aufzunehmen. Fürs Erste war eine sinnvolle Beschäftigung für meinen Sohn gefunden.

Es war eine große Freude, Dino bei mir zu haben. Er war ein ruhiger, freundlicher, Menschen zugetaner Zeitgenosse, mit dem es nie Streit gab. Wir richteten unser neues Zusammensein ein, er mit seiner Werkstatt und einer Berufsschule, ich mit meinen üblichen Tätigkeiten.

Zum Essen und Plaudern trafen wir uns und genossen unsere neuen Lebensformen. Eine Autoreise durch die Schweiz haben wir auch unternommen und ausgiebig genossen. Dino hatte eine Freundin und sie besuchte ihn oft in unserer Wohnung. Leider hatten sie und ich keinen guten Kontakt zueinander.

Ich wusste nicht, wie Dino zu meiner Musik stand, aber eines Tages, nachdem ich lange und intensiv Klavier gespielt hatte, kam er zu mir und sagte:

„Papa, Du spielst wunderbar Klavier."
Da umarmten wir uns sehr, sehr lange, ohne ein Wort zu sagen. Es war für mich eine bewegende Erfahrung, ein unvergessliches Erlebnis. Uns verband eine sehr große Liebe.

Eines Tages, ich war mit meinen Partituren beschäftigt, rief mich am Telefon eine herbe, aber junge, sehr freundliche Frauenstimme an. Sie fragte, ob ich ihr für kurze Zeit mein Gehör schenken könne. Bösartig und kokett erwiderte ich:

„Bedaure, aber mein Gehör gebe ich nicht her."
Nach anschließender Klärung des eigentlichen Sinnes ihrer Formulierung erfuhr ich, dass die Anruferin ausgebildete Flötistin war, trotzdem aber ein Klavierstudium an meiner Arbeitsstätte anstrebte. Um dieses zu erreichen, musste sie eine Aufnahmeprüfung am Klavier bestehen und sie wollte wissen, ob sie mir vorspielen könne, um zu erfahren, ob sie den Anforderungen der Mainzer Universität genügen könne.

Wir verabredeten einen Termin und kurz nach der telefonischen Begegnung stand eine sehr große, schlanke blonde Frau, mit einem strengen, aber anmutigen Gesicht vor meiner Tür.

Sie spielte mir Werke von Beethoven und Brahms vor und obwohl mir auffiel, dass einiges zu tun war, hatte ich den Eindruck, sie sei ein sicherer Aufnahmekandidat. Da sie mich bat, sie auf die bevorstehenden Aufgaben vorzubereiten, verabredeten wir wöchentliche Unterrichtsstunden samstagnachmittags und fixierten einen ersten Termin.

Als sie fort war blieb ich länger als sonst in meinem Sessel kleben. Was war denn das gewesen?!!!

Keine gewöhnliche Begegnung! Eher ein Sturm, der alles durcheinandergewirbelt hatte.

In der darauffolgenden Zeit lernte ich sie ein wenig kennen. Natürlich auch die besonderen Merkmale ihres Klavierspiels. Ihre Vorträge waren geordnet und vorsichtig vorbereitet, aber der Ausdruck schien gehemmt und ihr Spiel hatte französische Schlenker, die mich an Bernard Flavigny erinnerten (ein befreundeter französischer Pianist aus vergangenen Zeiten). Ich fragte sie daraufhin, was sie mit Frankreich verbinden würde, und es stellte sich heraus, dass ihr Vater aus einer alten hugenottischen Familie stammte. Sie hieß ja auch Alice Janicaud. Auf ihr etwas zurückhaltendes Spiel angesprochen, erwiderte sie, dieses wäre Ergebnis ihrer Unzulänglichkeiten am Instrument, worauf ich beschloss, sie mit einer von mir entwickelten Gewichtsverlagerungstechnik anzufreunden, von der ich wusste, sie könnte ihrem Klavierspiel durch muskuläre Entspannung zur besseren Klangentfaltung helfen.

In relativ kurzer Zeit war der Klang wärmer und ihr Spiel ausdrucksvoller geworden und sie war dankbar für die neuen Möglichkeiten, musikalisch jenes zu verwirklichen, was sie schon immer gewollt, doch nicht erreicht hatte.

Als sie mir eines Tages das Brahms-Intermezzo in E-Dur Opus 116 vorspielte, erkannte ich, weshalb wir uns so gut verstanden. Sie traf den Ausdrucksinhalt des Werkes und ich wusste, dass unsere Seelen verwandt waren. Sicherlich war dies eine der wichtigsten Erfahrungen, die uns überzeugte, nunmehr unsere Leben zu verbinden.

Nach dem Unterricht fuhren wir zu einem hübschen Restaurant etwas außerhalb der Wiesbadener Innenstadt. Auf der Terrasse erfand ich Worte zu dem Brahms-Werk. Auf einer Serviette, die noch heute existiert, schrieb ich:

„Dort hoch über der Welt, die gute Hand, das Leben sanft bewegt."

Wir waren verliebt, hatten es aber beide noch nicht realisiert.

Inmitten dieser erfüllten Zeit, in der meine Klavierarbeit am Institut erfolgreich vonstattenging, mein Sohn Dino endlich bei mir lebte, ich eine Frau fürs Leben gefunden hatte, und meine schönsten dirigentischen Aufgaben realisiert werden konnten, geschah das UNMÖGLICHE:

Das Grauen brach in mein Leben ein. – Mein Sohn Dino starb durch einen Autounfall.

Die Nachricht erreichte mich in den Morgenstunden des 4. November 1995. Es war kurz vor fünf Uhr, in der früh als ich aus dem Bett geklingelt wurde. Ich machte meine Haustür auf und sah einen jungen Mann und eine junge Frau vor mir stehen. Beide schmale, schüchterne Gestalten.

Sie sahen mich an und ich dachte: kirchliche Organisation - und lag damit auch richtig .

Ich ließ sie hinein und fragte, um was es ging, aber sie gaben keine Antwort. Noch standen wir im Flur.

„Geht es um Dino?"

Sie nickten.

„Ist es so schlimm?"

„Ja."

„Er lebt nicht mehr."

Sie nickten.

Ich konnte nichts mehr sagen.

Im Wohnzimmer saßen wir uns eine ganze Weile stumm gegenüber. Sie sahen traurig und verfroren aus.

Ich holte drei Tassen Tee.

Wir hielten uns an unseren Tassen fest. Die Wärme tat gut.

Dann gingen sie und ich blieb zurück mit meinem lähmenden Schmerz. Er war so groß. – Er war größer als ich.

Sollte ich meine Exfrau anrufen? Es war noch so früh! Ich rief sie an mit Angst – aber sie wusste alles. Die Polizei hatte sie aufgesucht.

Ich rief dann Alice an. Sie wohnte nicht weit weg und war sehr schnell bei mir. Ich weiß nicht genau, wie es weiterging. Ich war nicht wirklich mehr präsent und ich konnte mir ein Weiterleben nicht vorstellen. Ein Leben ohne meine unendlich große Liebe.

Der Gang zum Krankenhaus, in dem Dino eingeliefert worden war. Dann der Weg zu einem kleinen Zimmer in ein menschenleeres Gebäude. Dort sagte ein Arzt, wir könnten Dino nicht sehen. Es wäre ein unzumutbarer Anblick. Wir wurden gebeten, wieder zu gehen.

Am Friedhof, Brahms Requiem. Ich konnte mir den Sarg nicht anschauen. Draußen am Grab, viele, viele Menschen. Viele junge Menschen, Freunde. Ich sah meine erste Frau – sehr bleich.

Alice war immer an meiner Seite. Wir gingen dann zum Auto und saßen eine lange Zeit dort. Ohne Worte.

Links von mir gab es eine kurze, niedrige Mauer. Es saß ein kleiner schwarzer Vogel mit einem gelben Schnabel darauf und schaute mich unentwegt an. Regungslos schaute er mich an.

Ich sagte zu ihm: „Bist du Dino?"

Er bewegte sich nicht.

Dann hüpfte er ein wenig zur Seite und wieder zurück. Immerzu schaute er mich an.

„Bist du Dino?"

Dann flog er weg.

Die darauffolgenden Tage waren dunkel. Ich glaube, ich lag dauernd auf meinem Bett. Ich wusste nicht weiter. Alice war immer da. Ohne sie wäre ich vielleicht gestorben.

Einmal kam ein Anruf. Ob ich nicht auf einen Kaffee kommen wollte... Die Frage schien absurd. Die Freunde blieben weg. Sie fühlten wohl, dass ich nicht mehr ansprechbar war.

In Guatemala rief ich meine ältesten Freunde, Pepe und Yolanda, an. Ich erzählte ihnen alles. Auch, dass ich nicht mehr leben könne.

Da sagte Yolanda:

„Juanito, hör mir zu! Ich kenne deinen Zustand. Auch ich habe einen Sohn verloren. Es kann nicht so bleiben, wie es jetzt bei dir ist. Du musst realisieren: Es gibt eine unendlich größere Kraft als die unsere. SIE bestimmt über unseren Anfang und unser Ende. SIE bestimmt. Werde dir bewusst, dass wir ein winziges Teilchen eines unendlichen Universums sind, welches wir nicht einmal anfangen können zu verstehen. Der Kraft, welche Dinos Tod festlegte, gehört auch unser Leben. Wir müssen lernen, uns zu fügen. Wir sind nicht frei. Wir gehören IHR.

Dino konnte nicht bleiben, weil eine größere Kraft als die unsere es so bestimmt hat. Lerne, dich der Wirklichkeit zu fügen."

Yolandas Belehrung war wie eine Riesenohrfeige. Und bis ich die Botschaft verstand, hat es seine Zeit gebraucht. Dann erkannte ich, dass ich nicht widersprechen konnte und ihre Worte wurden mir Medizin. Eine bittere, aber wirksame Medizin. Ich musste die Begrenzung meines bisherigen Verstandes akzeptieren und sah ein, dass ich meine Vorstellung der Welt ändern, erweitern musste. Alles musste auf den Prüfstand.

Ich fühlte mich wie durch eine gewaltige Erschütterung zurechtgerückt. Die Worte der Freundin hatten meinen erstarrten Zustand durchbrochen und wenn ich mich bisher wie im leeren Raum strauchelnd erlebte, fühlte ich jetzt wieder den alten Boden der Welt unter den Füßen. Wie konnte ich bloß in meiner Egozentrik den ganzen Bereich des kosmischen Daseins, sein unfassbares Geheimnis, die Existenz des Universums, außer Acht gelassen haben? Ich war durch die Welt gewandert ohne Bewusstsein des Wunders, von dem wir ein Teil sind. Welch eine Stupidität!!

Der Tod meines Sohnes wurde durch das neue Bewusstsein nicht relativiert. Der Schmerz blieb, der Verlust seiner Gegenwart hinterließ eine nicht schließbare Lücke, eine offene Wunde. Aber allmählich spürte ich wieder mein eigenes, doch noch vorhandenes Leben und ich begann, mich an die Aufgaben zu erinnern, die zu meinem Leben gehörten.

Alice, meine Mutter, meine Freunde, meine Schüler, meine Musik.

Ich nahm den Klavierunterricht an der Universität wieder auf und gliederte mich nach und nach in mein altes Leben wieder ein.

Alice, meine liebe Freundin, war in dieser schwersten Zeit meines Lebens immer an meiner Seite. Wie hat sie diesen Horror bloß ausgehalten? – Wir waren durch die entstandene Tragik jetzt noch enger miteinander verflochten, so dass ich mir ein Leben ohne sie nicht mehr vorstellen konnte. Auch Alice sah uns von diesem Zeitpunkt an als unzertrennbar und so beschlossen wir zusammenzubleiben. Für immer: zu heiraten. Bald kam unser Sohn David auf die Welt.

Ich war dabei, als er im Entbindungsraum des Krankenhauses auftauchte, und wurde gebeten, mit ihm in ein nahegelegenes, abgedunkeltes Zimmer zu gehen. Ich durfte ihn, eingepackt in einer dicken braunen Decke, sitzend auf meinem Schoß halten, bis Alice nachkam und er zu ihr durfte. Eine schöne ruhige Stunde waren wir zwei, mein neugeborener Sohn und ich, allein, wartend auf eine gute nahe Zukunft. Er war ganz ruhig, vielleicht auch, weil mein volles glückliches Herz ganz ruhig war.

All das Erzählte ist jetzt schon lange Vergangenheit.

Am Ende bleibt ein Staunen um dieses vulkanisch bewegte Dasein. Und vielleicht sollte man das Staunen als Konstante im Leben einrichten, in Anbetracht des Wunders unserer Existenz inmitten der unfassbaren Ewigkeit.

Juan Levy mit Sohn David (8) und seiner Frau Alice.